KB110125

안나
이야기

안나 이야기

발행일	2015년 10월 2일			

지은이	이 재 민			
펴낸이	손 형 국			
펴낸곳	(주)북랩			
편집인	선일영	편집	서대종, 이소현, 권유선	
디자인	이현수, 윤미리내, 임혜수	제작	박기성, 황동현, 구성우, 이탄석	
마케팅	김회란, 박진관, 김아름			
출판등록	2004. 12. 1(제2012-000051호)			
주소	서울시 금천구 가산디지털 1로 168, 우림라이온스밸리 B동 B113, 114호			
홈페이지	www.book.co.kr			
전화번호	(02)2026-5777	팩스	(02)2026-5747	

ISBN   979-11-5585-745-8 03810

이 책의 판권은 지은이와 (주)북랩에 있습니다.
내용의 일부와 전부를 무단 전재하거나 복제를 금합니다.

이 도서의 국립중앙도서관 출판예정도서목록(CIP)은 서지정보유통지원시스템 홈페이지(http://scoji.nl.go.kr)와
국가자료공동목록시스템(http://www.nl.go.kr/kolisnet)에서 이용하실 수 있습니다.
(CIP제어번호 : CIP2015026527)

이재민 장편소설

안나 이야기

부조리한 현실과

타협할 것인가,

박차고 나와 다른 길을

걸을 것인가?

가까스로 입사한 회사에서

절망을 맛본

한 인턴사원의 사활을 건

출구전략!

북랩 book Lab

Contents

*

*

1

학교 내에 유일하게 천장이 높은 건물이자 가장 깔끔한 공간인 채플실. 단상에선 기타를 든 두 명이 양쪽으로 나란히 서 있고 그 사이에 세 명의 여자가 기타 연주에 맞춰 노래를 부르고 있다.

"당신은~ 사랑받기 위해 태어난 사람~"

감미로운 분위기 속에서 노래에 추임새를 넣듯 어디선가 한숨 소리가 들려왔다. 간간이 낑낑거리는 거 같기도 하다. 한숨과 함께 슬며시 술 냄새까지 풍겨 온다. 안나 앞에 앉은 지연이다. 학생들이 점점 힐끗거리고 대기하고 있던 목사님도 쳐다보기 시작한다.

초조한 안나. 지연이 엉덩이를 쿡 찌른다. 잠시 반응 없던 지연이가 다시 한숨을 쉬고 흐느낀다. 당황스러워하기보다는 흐뭇한 미소로 바라보는 목사님. 어수선한 분위기 속에 노래가 끝나고 목사님이 단상 위로 올라선다.

"기도합시다."

안나는 눈을 감지 않고 다음 시간 시험공부 준비를 한다. 어제 술을 많이 마신 탓에 집중이 안 된다. 신입생도 아니고 4학년인데 그것도 시험 전날 왜 그리도 마셨는지 미치도록 후회스럽다. 주위가 고요하다. 이렇게 조용할 때 공부해야 하는데…. 가만, 왜 기도 소리가 들리지 않는 걸까. 고개 들어보니 목사님이 자신을 보고 있다. 흠칫 놀라는 안나. 다시 보니 안나 앞에 앉은 지연이를 보고 있다. 어린아이가 질문을 하듯 손을 번쩍 들고 있는 지연이.

"오늘은 특별히 학생의 기도를 들어볼까요?"

목사 얼굴에 인자한 웃음이 번진다.

'말도 안 돼. 지연인 불교인데.'

평소에도 얼빠진 친구가 술도 안 깬 상태에서 무슨 말을 할지 모른다. 사태 파악은 안 되지만 일단 막아야겠다는 생각이 안나의 머릿속을 스치는 찰나 지연이가 입을 연다.

"저는 신이 있다고 믿어요…."

목사님은 여전히 인자한 웃음을 짓고 있다.

"근데 저한테 신경을 너무 안 써주시는 거 같아요."

힐끗거리던 학생들이 대놓고 쳐다보기 시작한다.

"제가 기도한 게 몇 년인데… 왜 작은 소망조차도 안 들어주시는 건가요? 서운하잖아요…. 세상에 태어나게 하셨으면 책임을 지셔야죠…. 듣고는 계신가요? 아직 대기 중인 사람이 많은 건가요? 그럼 저 좀 먼저 해주시면 안 되나요? 어제 노래방에 가니까 '우선예약'이라는 게 있던데, 거기도 그런 게 있나요…. 그럼 다른 사람 말고 저 좀….”

중얼중얼, 천장을 보며 힘없이 지연이가 말한다. 인자했던 목사님의 얼굴에 분명 흠칫한 표정이 스쳤다. 슬쩍 시계를 보니 이미 채플 시간은 끝났는데 분위기상 나갈 수가 없다. 왜 대학교에는 수업 종이 없는 걸까. '이 순간이 빨리 지나가게 해주세요.' 안나는 초조한 마음으로 평소에 하지 않는 기도를 한다. 표정을 가다듬고 목사님이 무언가 말하려는데 학생 한 명이 벌떡 일어나 당당하게 채플실을 빠져나간다. 4년 연속 A+의 전설을 앞두고 있는 같은 과 동기 김민영이다. 평소엔 그렇게 얄밉더니 오늘은 고마운 마음이 솟구친다. 잠시의 수군거림 후 학생들이 하나둘 채플실을 빠져나갔다.

사각사각 들리는 연필 소리만이 강의실을 가득 채우고 있다. 엄청난 경쟁률을 뚫고 수강한 '여성학' 강의다. 교수님은 매시간 쪽지시험을 볼 정도로 깐깐했다. 칠판엔 '슈퍼우먼 증후군 의 정의와 이를 극복하는 방안에 대해 서술하시오'라는 문제가 쓰여 있고 밑에는 작게 '한 학기 동안 수고했어요'라는 글씨가 쓰여 있다. 교양 수업은 들을 때는 좋은데 시험 볼 때가 귀찮다. 어차피 교수가 원하는 답은 따로 있다. 좋은 학점을 원한다면 교수의 성향을 파악해야 한다. 대학 시험은 지극히 주관적이기 때문이다. 공정성을 위해 각 과목의 성적 상위권자들은 시험 답안지를 공개해야 한다고 안나는 생각한다.

그 사이 하나둘 답안지를 제출하고 나간다. 매직아이라도 하듯 답안지를 뚫어져라 처다봤지만, 여의치 않다. 극복방안 한 개가 가물가물하다. 지하철에서 그렇게 외웠는데 술기운 때문인지 도무지 기억이 나질 않는다. 출석 상태가 좋아 이 정도만 써도 상위권일 거라는 생각으로 마무리하고 일어난다. 한껏 웃는 얼굴로 교수님께 답안지를 제출하는데 '전설 김민영'이 제출한 답안지가 보인다. 인쇄한 듯한 바른 글씨에 뒷장까지 빽빽하게 쓴 글들이다. 저렇게까지 쓸 게 없는 문제였는데 대체 뭐라고 쓴 건지 읽어나 보고 싶다는 생각이 든다.

학과실로 들어서자 진성이가 기다리고 있다.

"대충 끄적거리고 나오지 뭐 이리 늦게 와. 육개장 3그릇으로 그냥 시켰어. 해장용으로."

십 년 넘도록 한결같은 심드렁한 어조다.

"지연이는?"

"비실거리면서 토하러 가던데? 술 냄새 나더라."

"울고 토하고 난리 났네. 같이 먹었는데 혼자 유난이다."

안나는 채플실에서 있었던 일을 성대모사까지 해 가며 디테일하게 설명했다.

"푸하하하!"

아무도 없는 과실에 진성이 웃음소리가 무섭게 울려 퍼진다.

"아깝다. 내가 그 자리에 있어야 되는 건데. 그랬더니 목사님이 뭐라고 했어?"

흐느낌으로 웃으며 진성이가 물었다.

"뭐라 하려는 사이 끝나버렸어. 마지막 시간이었던 걸 다행으로 생각해라."

어느새 와서 앉아있던 지연이가 안나의 말에 힘없는 끄덕임으로 대답을 대신하더니 또 속이 메스꺼운지 휴지를 들고 화장실로 비실비실 걸어간다. 열리는 문으로 때마침 배달원이 들어와서 육개장 3그릇과 스티커를 놓고 간다.

"다행이다. 먹기 전에 토하러 갔네. 맛있겠다."

입맛 다시며 진성이가 심드렁하게 말했다. 비위 좋은 자식이다.

"목사님도 쭈뼛거리고 있는데, 끝나는 시간 되자마자 벌떡 일어난 게 민영이었어. 분명 시험 보는 강의실에서 좋은 자리 앉으려고 그랬을 거야."

육개장 국물을 들이켜던 안나가 못마땅한 표정으로 말했다.

"4년 연속 A+를 아무나 받을 수 있겠니?"

연락 올 데가 있는지 아까부터 휴대전화를 만지작거리면서 진성이가 대답한다.

"4년이 될지 안 될지 어떻게 알아. 내가 딱히 민영이를 싫어하는 건 아닌데, 가끔씩 언짢을 때가 있어."

"조별과제 때 얘기하려고?"

"아니, 그렇잖아. 조별과제랑 개인과제가 있으면 당연히 조별과제를 먼저 해야 하는 거 아냐? 내가 안 하면 조원들이 같이 피해를 보는데, 어떻게 개인과제가 먼저라는 소리를 당당하게 하냐고. 그것도 본인이 다른 일 하느라 개인과제 못 했으면서. 민영이 개인과제 하는 동안 우리가 다 기다렸잖아."

안나가 점점 흥분해 가며 말했다.

"난 민영이가 솔직했다고는 생각해."

"뭐?"

"누구나 개인과제가 더 중요하지. 조별과제는 다른 조원들이 하고 있어도 되잖아. 무엇보다 싫은 소리 듣기 싫어서 괜찮다고 말만 하고 속 끓이는 거보다 자기표현 확실하게 한 거니까 솔직하긴 하지."

진성이가 솔직하다는 단어에 유독 힘을 준다. 조개 먹다 모래 씹은 표정을 짓고 무언가를 생각하는 안나를 보며 진성이가 입을 연다.

"넌 '피플 플레저' 기질 있어."

"그게 뭔데?"

"남을 즐겁게 해주려고 무리해서 노력하는 사람이란 거야."

"응?"

"어제 졸업한 선배들이랑 술 먹을 때 보니까 네가 피플 플레저 같았어."

"난 다른 사람을 웃기는 거랑은 거리가 있는데?"

안나가 이해 안 간다는 듯한 표정을 지었다.

"'자기 자신보다 남을 더 즐겁게 해주려는 사람'이라는 거야. 너도 분명 감정이 있는데 네 말이나 행동이 다른 사람의 감정을 상하게 할까 봐 그 감정을 숨기고 다르게 행동하고 말한다는 거지."

'내가 나보다 남을 더 즐겁게 해주려 무리한 적이 있나?' 안나가 육개장에 있는 숙주나물을 우적우적 씹으며 골똘히 생각했다. 그 모습을 보고 진성이가 덧붙인다.

"어느 정도면 배려가 되겠지만, 남들이 원할 거 같은 방향으로 네 생각을 맞추고 행동하면 그건 네 감정을 무시하는 거야. 너 자신을 부정하게 되는 거지."

계속 휴대전화를 만지작거리며 진성이가 말했다. 썩 기분 좋은 말은 아니지만, 언제나 엉뚱하고 특이하게 생각하는 진성이가 이런 말을 할 때면 뭔가 진지하게 받아들여야 할 것 같아서 안나는 들어 보기로 하고 귀를 쫑긋 세운다.

"끝인데?"

진성이는 다시 심드렁하게 육개장을 먹는다.

"뭐야, 무슨 말이 또 나올 줄 알았잖아."

이미 안나의 머릿속엔 '피플 플레저'라는 단어가 새겨진다.

"지연이 거 건더기 먹어야지."

진성이가 포장된 랩을 벗기고 젓가락을 가져가는 순간 문이 열린다. 남은 휴지를 들고 비실비실 들어오는 지연이. 좋은 타이밍이다.

"국물만 먹고 줄게… 국물만."

토하고 오자마자 먹어대는 지연이를 보고 안나는 입맛이 없어져 그릇을 내려놓는다. 그걸 진성이가 가져가서 건더기만 건져 먹는다. 역시 비위 좋은 녀석이다.

"나 알바하던 데서 일하기로 했어. 일단은 계약직으로."

육개장을 그릇째로 들이키던 지연이가 국물과 함께 빨려 들어간 숙주나물을 입술에 대롱대롱 묻힌 채 말한다. 지연이는 2년째 방학과 주말마다 리서치 회사에서 아르바이트를 하고 있다. 리서치 회사에 들어가기 위해 통계학 부전공까지 하고 있는 지연이로서는 잘된 일이다. 그런데 정작 표정은 밝지 않다.

"축하해~!! 졸업도 하기 전에 취업이네. 이러다 나만 남겠다. 근데 표정이 왜 그래? 속 아직 안 좋아?"

안나가 기분을 눈치채고 조심스럽게 물어본다.

"계약직이잖아…. 인원 필요하고, 회사 시스템 아니까 채용한 거같긴 한데 내가 눈에 안 차나 봐. 계약직으로 제의한 거 보면. 대학원 가서 석사 학위 따야 할까 봐."

어제 연신 술 들이켜던 이유가 이거였나 싶다. 마냥 해맑고 어벙한 줄 알았던 지연인데 뭐라고 말해줘야 할지 당황스럽다.

"회사에서 공개채용 안 하고 바로 들어간 게 어디냐. 너 인마 그게 특채라는 거야. 2년 지나고 경력 쌓으면 그때 생각해. 인생 뭐 있냐. 이럴 수도 있고 저럴 수도 있지. 계약 끝나면 퇴직금으로 여행다녀오고 좋지, 뭘 그래."

짜식. 툭툭 내뱉는 진성이 특유의 심드렁함은 상대방을 편안하게 한다. 말없이 국물을 들이켜는 지연의 표정이 한결 나아 보인다.

＊＊＊

한가한 토요일 오전. 환해서 더 이상 잠을 잘 수가 없다. 안나가 슬리퍼를 질질 끌고 소파로 가서 앉는다. 리모컨으로 TV 채널을 이리저리 돌려본다. 토요일 오전 지상파에서는 볼만한 프로그램을 방송하지 않는다. 영화 프로그램으로 채널을 맞춰놓고 광고가 끝나길 기다려본다. 곧 있으면 방학이다. 당분간 아침잠을 실컷 잘 수 있다고 생각하니 입가에 미소가 번진다. 아니다. 취업 못 하면 1년이고 2년이고 잠만 자겠구나 생각하니 미소가 사라진다.

프로그램이 시작되고 MC들이 한껏 고조된 목소리로 얘기한다.

"바로 솔직함과 당당함이 매력적인 여배우죠. '나라서' 씨입니다. 여러분, 기대하셔도 좋습니다. 채널 고정 잊지 마세요."

진부한 멘트 속에 번뜩이는 이름 '나라서'. 안나가 가장 좋아하는 배우다.

"어이구, 벌써 일어나셨어?"

엄마가 빨랫감을 양팔 가득 안고 화장실에서 빠른 걸음으로 나오며 비꼬듯 말한다. 바닥에 앉아 빨래가 구겨지지 않게 툭툭 털고 있다. 할 일 없던 안나는 소파에서 일어나 엄마 옆으로 가서 앉는다. 손에 집히는 옷이 남동생 옷이다. 늘어나지 않을 정도로 대충 툭툭 털어서 옆에 놓는다.

"어이구. 그렇게 해서 퍼지니? 네 거나 그렇게 해라. 저리 비켜, 내가 할게."

안나 손에서 빨래를 채 가며 엄마가 말했다. 예상했던 반응이다. 안나는 다시 아무 옷이나 집으며 정성스럽게 터는 시늉을 한다. 이렇게 엄마와 마주 앉아 얘기하는 것도 오랜만인 듯하다.

"우리 위대한 반통장 여사님. 동네에 뭐 또 재미있는 일 없어?"

안나가 장난스럽게 말을 던진다. 안나 엄마는 동네 통장이다. 20년 넘게 살았다는 이유로 맡게 됐는데 처음에는 할 일이 너무 많아 힘들어하더니 동네 구석구석의 숨겨진 이야기를 알게 되면서 별안간 열심이다. 활동비 명목으로 나오는 월 25만 원가량의 통장 월급에도 재미 붙인 듯했다.

"요 옆 길거리 모퉁이에 있는 모텔 말야. 거기서 또 자살했어."

'또'라는 단어에 힘이 들어간다. 예전에도 그런 일이 있었나? 원했던 얘기는 아니지만 솔깃하긴 하다. 여전히 빨래를 힘 있게 털며 엄마가 말을 이어간다.

"넥타이로 목매고 죽었더라. 죽으려면 자기 집에서나 죽지, 왜 남의 장사 터에서 죽어. 재수 없게."

"빨리 발견되고 싶어서 그랬나 보지. 집이 없을 수도 있고. 그래서 모텔은 장사 못 하는 거야?"

"못 하긴. 유서도 있었고 소문나면 동네 이미지도 안 좋아지니까 그냥 경찰 불러서 바로 정리했어. 당장 다음 날이 주말이라 바쁜데 가게 문 닫으면 손해지."

자살은 두 가지 중 하나다. 사랑 아니면 돈. 그 사람은 둘 중 무엇 때문이었을까. 아니면 둘 다? 돈 때문에 사랑을 잃었을까? 사랑 때문에 돈을 잃었을 수도 있겠다. 유서에는 어떤 내용이 있었을까? 괜한 궁금증이 생긴다.

"문 열자마자 손님들 쏟아지더라. 하루 전에 사람 죽은 방에 들어가서 지들끼리 뒹굴고 합체하면서 좋아 죽었겠지. 금요일인데도 밤새 빈방이 없어. 무슨 일이 있었는지 관심도 없을 거야. 한심한 것들."

하필 TV에는 남녀가 방 안에서 키스하고 있는 최신 영화의 한 장면이 소개되고 있었다.

"저런 거 보지 말고 취업 준비나 해!"

괜한 불똥이 안나에게 튄다. 아랑곳하지 않고 소파에 가 앉는다. 채널을 이리저리 돌리다 보니 다른 코너로 넘어갔다.

"영화 탐험 '타임머신' 오늘은 20년 전의 애니메이션 '열네 살 영심이'와 이번 주에 개봉하는 애니메이션이죠. '엄마의 사생활'을 비교해봅니다."

이상한 제목이다. 오랜만에 보는 영심이의 모습이 화면에 나오고 주제곡이 흘러나오고 있다.

"해봐~ 해봐~ 실수해도 좋아~ 넌 아직 어른이 아니니까~"

반가운 마음에 생각 없이 흥얼거리다 멈칫한다. 다시 들어보니 왠지 모르게 짜증 나는 노래다. 어른은 실수하면 안 된다는 걸까. 노래를 곱씹으며 떠올려본다.

안나는 작년 1년 동안의 휴학을 어른이 되고서 저지른 최대 실수라고 생각했다. 휴학 자체가 실수라기보다 1년을 수치화할 수 없기 때문이다. 함께 휴학을 했지만, 진성이는 케이블 조연출을 했고 지연이는 리서치 회사에서 아르바이트를 하며 경력을 쌓았는데 안나는 딱히 한 일이 없었다. 취업에 필수라는 토익 공부도 했지만 점수는 만족스럽지 않았고, 스터디와 함께 공모전도 했지만 성과는 없었다. 뭔가 열심히 한 것 같았는데 돌아보니 아무것도 없었다. 광고 회사에 입사하고자 전공을 택했고 그럭저럭 만족하며 4년을 보냈지만, 지금으로선 확신도 서질 않는다. 게다가 이제 와서 졸업을 앞두고 원하는 걸 다시 생각하기에도 늦었다는 생각이 든다. 고민하는 시간에 한 단계라도 나아지는 나 자신을 만들기 위해 남들이 하는 거라도 해야겠다는 생각만 든다. 저절로 한숨이 나온다.

이런저런 생각을 하는 동안 TV에서는 어느새 나라서의 인터뷰가 진행되고 있다.

"이번 영화제를 보면서도 느꼈지만, 나라서 씨는 피부나 몸매 관리에 유난스럽지가 않아요. 나쁜 뜻이 아니라 그런 것들에 초연한 것 같아요."

여자 MC가 조심스럽게 묻는다.

"'여배우는 외모다'라는 공식이 있다고 해요. 듣고서 한참을 웃었어요. 틀린 말은 아니지만, 여성이라는 것을 떠나서 아름다움 자체에서 비롯된 인간의 가치는 수명이 아주 짧아요. 아무리 큰돈을 주고 관리해도 30대인 내 피부가 20대의 피부를 이길 순 없죠. 난 내가 시간을 멈출 수 없다는 걸 알아요. 알려진 것처럼 관리를 안 하는 건 아니에요. 그냥 시간은 흘러갈 수밖에 없다는 걸 인정한 거죠."

"시상식 드레스에도 민감해하는 거 같지 않아요."

"연예인은 돋보이는 게 중요한 직업이긴 한데, 제가 패션 자체에 관심이 없어요. 패션이 사람들에게 주는 영향도 잘 모르겠고…."

"그럼 시상식 후에 드레스를 평가하는 기사나 프로그램도 잘 안 보시겠네요?"

"그것보다 다른 게 궁금해요. 안 어울리는 드레스를 입었다는 게 그렇게 중요한가요? 프로그램으로 만들어서 사람들을 모아놓고 토

론할 만큼?"

"하하하. 생각해보니 재미있는데요? 그럼 악플에도 신경을 안 쓰시는 편인가요?"

"인터넷을 잘 안 해서 댓글을 직접 볼 기회는 없어요. 그냥… '비판'은 그 사람의 의견일 뿐이라고만 생각해요. 딱 거기까지죠."

인터뷰하는 나라서의 표정이 담담하다. 여배우라면 생글생글 웃어줄 법도 한데 예의상 웃는 일은 하지 않는다. 그런 모습이 나라서다워서 얄밉지가 않다.

"단호한 생각이 부러운데요? 감정 표현도 솔직하시네요. 여배우들은 보통 감정을 숨기는 데 익숙하잖아요."

"나쁘게 해석하진 않을게요. 여배우들은 항상 웃어야 하죠. 본의아니게 강요받는 부분이에요. 나도 처음엔 그랬어요. 좋은 평가를받기 위해서라기보다 결과적으로 그게 편하다고 생각한 거죠. 표정이 굳거나 순간 화를 내면 나중에 이것저것 수습할 게 많아지니까요. 근데 또 시간이 지나니까… 그게 아니었어요. 내 감정을 무시하고 쌓아두는 게 안 좋더라고요. 내가 불편했어요."

여자 MC는 중간에 적절한 추임새를 넣으면서 나라서가 말하는내용을 하나도 놓치지 않으려는 듯 집중해서 듣고 있었다.

"쌓아둔 감정은 말 그대로 없어지지 않고 고스란히 쌓였어요. 감정은 표출해야 해요. 특히 분노를 쌓으면 나중에 폭발할 가능성이 커요. 표현을 안 하면 다른 사람들은 정말 내가 괜찮은 줄 알거든요. 난 그런 감정이 아니라는 걸 말해줄 필요가 있는 거죠. 나를 분노케 한 사람에게 응징해야 해요. 나의 정당성을 일깨우는 거죠. 당연히 도덕적으로 스스로가 정당할 때 말이죠."

안나의 기분이 이상했다. 꼭 나라서와 단둘이 얘기하는 기분이었다. 나라서가 앞에 있다면 이것저것 묻고 싶었다.

"동의해요. 하지만 절대로 쉽지 않은 행동이에요. 본인의 감정을 솔직하게 다 드러내는 사람은 세상에 없지 않나요?"

안나의 마음을 아는지 MC가 몸을 앞으로 기울이며 진지한 표정으로 물었다.

"모두 본인이 피해 입지 않는 선에서 절제하고 있죠. 그리고 그 피해라는 건 대부분 본인의 대한 평판이에요. 이 정도는 남들도 표현하기에 나도 표현할 수 있고, 그 이상은 참아야 한다는 거죠. 누구나 어느 정도는 감정을 숨기기 때문에 나도 숨겨야 조심성 있고 배려심 있는 사람이라는 평판을 듣기 때문이죠."

"흠. 그런가요? 그럼 나라서 씨도 솔직한 상대방과 함께하는 게 좋나요?"

"그렇죠. 애매하게 표현하는 것보다, 본인의 감정을 정확히 말해야 나와 이견이 있어도 맘 편히 조율을 할 수가 있죠. 물론 예의는 있어야죠. 상대방도 저도. 이를테면 솔직하다는 말로 사람 뒤집어 놓고 뒤끝 없다는 말로 정당화하는 사람들은 싫어요. 그건 막말이지 솔직한 게 아니에요. 이 둘은 분명 달라요. 심지어 그들은 뒤끝 없지도 않죠."

안나는 머리가 복잡해진다. 저렇게 당당한 나라서를 제외하고 본인의 감정 표현에 솔직한 사람이 얼마나 될까? 나라서는 저 위치에 있기에 괜찮은 건 아닐까? 내가 막말하는 그들과 다르게 솔직해질 수 있을까? 별안간 머리가 멍해진다.

영화 수상작에 대한 이야기를 시작으로 나라서의 인터뷰는 10분도 채 안 돼서 끝이 났다. 그래도 영화 소개 프로그램 안에서 할당된 시간으로는 꽤 긴 편이었다. 여자 MC의 끊임없는 띄워주기와 불쑥 던져지는 민감한 질문에도 나라서는 초연함을 잃지 않았다. 그녀의 관록이 느껴지는 인터뷰였다.

"저런 거 보지 말고 취업 준비나 해!"

다시금 재촉하는 엄마의 성화에 안나는 방으로 들어와 도서관에서 빌린 광고 책을 집어 들고 아무 페이지나 펼쳤다. 나라서의 화장품 광고가 인쇄되어 있었다. 예쁘게 화장을 하고 카메라 정면을 향해 자신 있게 웃고 있는 나라서의 모습 옆에는

'누군가의 아름다움은 옆 사람에겐 치명적인 모욕'

이라는 카피가 작게 쓰여 있었다. 하긴, 예쁜 것들 옆에서는 기분이 썩 좋지가 않다. 실제로 옆 장에 인쇄된 여배우도 비록 연기는 못할지언정 '화보의 여왕'이라 불릴 만큼 예쁘기로 유명했지만, 나라서 옆에 있으니 어쩐지 눈길도 잘 가지 않았다. 본인이었다면 죽어라 연기를 연습해서 외모를 포함한 완전체로 거듭날 텐데 아쉽다는 생각이 들었다. 아니다. 얼굴이 출중한 젊은 배우에게는 '연기'란 굳이 정복하지 않아도 되는 것일 수도 있겠다 싶다. 다시 나라서에게로 시선이 향했다. 교재에 등장하는 본인 모습을 보는 건 어떤 기분일까? 예쁜 사람들은 세월이 흘러가는 게 우리보다 몇천 배는 싫을 것이다. 세상에서 제일 쓸데없는 걱정을 하고 있던 안나는 약속에 나가기 위해 서서히 몸을 움직였다.

2

10년이 지났지만 그 날의 기억은 아직도 생생하다.

초등학생인 안나는 '5반'을 배정받았다. '4학년 5반'. 드디어 꿈에 그리던 고학년이 된 것이다. 저학년과 고학년은 건물이 다르다. 고학년 건물에는 무려 '과학실'도 있다. 밤 12시만 되면 과학실에 있는 '해골 모형'이 학교를 걸어 다닌다는 소문을 들어서 안나를 더욱 긴장하게 했다. 두근거리는 마음으로 고학년 건물로 들어갔다. 2층 복도에 들어서자마자 보이는 글씨 '4-5'. 벌써 많은 아이들이 교실에 있다. 어디에 앉아야 할지 고민이다. 어차피 새로 자리 배치를 받겠지만 신경이 쓰인다. 잠시 망설이다 4분단 맨 뒤쪽으로 갔다. 더 이상 키가 크지 않는다면 앉아볼 수 없는 자리라 선택했다. 자리에 앉아 슬쩍 반 분위기를 살폈다. 대부분의 아이들은 책상에 멀뚱멀뚱 앉아 있고 옆자리의 아이와 간단한 인사를 주고받기도 한다. 이 순간에도 책을 펴고 공부를 하는 아이가 있는데 모범생인지 여부는 알 수가 없다. 좀처럼 책장이 넘어가질 않는 걸 보니 집중을 못 하고 있는 듯하다. 안나의 시선이 캐릭터 카드 게임을 하는 무리를 지나 선생님 책상에 머문다. 누군가 앉아 있다. 안나 또래의 여자아이다. 마치 본인이 선생님인 것처럼 한 손으로 턱을 괴고 아이들을 바라보고 있다. 그것도 흐뭇한 엄마 미소를 띠며. 아이가 시선을 느꼈는지 안나 쪽을 쳐다봤다. 정사각형 모양 교실의 대각선 끝과 끝에서 서로를 바라보는 꼴이다.

진성이와의 첫 만남이었다.

진성이는 흔히 말하는 여자아이의 습성과는 거리가 멀었다. 남자아이에 가까웠다기보다 성숙한 어른에 가까웠다. 생떼를 부리거나 유치하게 구는 일이 없었다. 비교적 일찍 나름의 주관이 형성된 아이였다. 담임선생님은 진성이 때문에 꽤나 골치를 썩였다. 차라리 말썽꾸러기였으면 그걸 핑계 삼아 혼내기라도 했을 텐데 그것도 아니었다. 어느 날 그 어떤 말에도 진성이가 기죽는 일이 없자 담임선생님이 진성이에게 엄마를 모셔오라고 한 적이 있었다. 그때 진성이는 평소와 다름없는 표정으로 선생님을 올려다보며 말했다.

"전 맞는 말만 했어요. 다른 애들처럼 선생님 말씀에 쫄지 않으니까 그게 마음에 안 드신 거겠죠. 엄마한테 연락은 하셔도 돼요. 상관없어요. 근데 아마, 엄마를 만나서도 변하는 건 없을 거예요. 자식 일에 관여를 안 하시거든요."

그때의 선생님 표정을 아직도 안나는 잊을 수 없다.

그런 진성이와 친하게 된 건 같은 반 '지성'이라는 남자아이 때문이었다. 항상 반에서 1등을 하는 지성이는 개학 첫날부터 책을 읽고 있던 바로 그 아이였다. 진성이와 지성이는 사이가 좋지 않았다. 더 정확히 말하면 지성이가 일방적으로 진성이를 싫어했다. 지성이에게 여자란 단지 얼굴이 예쁘고 순종적이어야 하는 존재로 규정되어 있었다. 그런데 진성이는 아니었던 것이다. 여자아이 주제에 행동에 거리낌이 없는 데다가 1등인 자신을 우러러보기는커녕, 본인에게 "한두 번 실패해도 실제론 아무 일도 일어나지 않아. 공부 때문에 핏대 그만 세우고 체육 시간인데 나가자."라고 넌지시 말했던 것이 화근이었다. 흥분해서 얼굴이 점점 빨개진 지성이는 그때 기절 직전까지 갔다. 이후부터 지성이는 진성이를 눈에 띄게 의식하기 시작했다. 본인의 우월함을 일깨워주려 부단히 노력한 것이다. 담임이 진성이 때문에 힘 빠져 있으면 특유의 굽실거림으로 선생님을 기쁘게 해 예쁨을 받았고, 좀 더 대단해 보이려고 전국 단위의 경시대회에 참가해 수상을 하기도 했다. 한번은 경시대회 수상자 촬영을 위해 방송국에서 찾아왔는데, 집에서 해도 되는 인터뷰를 굳이 학교에서 그것도 교실에서 하겠다며 아침 일찍부터 아이들을 붙잡아 뒀다.

카메라와 함께 교실 문으로 들어서는 지성이는 가관이었다. 분명 새것처럼 보이는 검은색 턱시도에 어울리지 않는 나비넥타이를 하고 머리에는 포마드를 쫙 바른 모습이 우습기 그지없었다. 지성이는 한껏 어깨에 힘을 주며 질문에 대답하기 시작했다.

"잘난 척이 아니라, 학교 성적을 잘 받는 건 어려운 일이 아니에요. 학교 공부의 패턴을 알아낸 것뿐이죠. 아시죠, 패턴?"

잘난 척이었다. 기자가 머뭇거리는 사이 대답을 이어갔다.

"사회에선 공부 패턴이 통하지 않을 거란 걸 알고 있어요. 사회에도 분명 어떤 패턴이 있을 텐데 그것까지 잘하게 될지는 모르는 거죠. 그래서 지금의 성적에 우쭐하고 싶지 않아요. 게다가 초등학교 성적이잖아요."

스스로의 답변에 만족했는지 카메라를 향해 호탕하게 웃어 보인다. 초등학생스럽다. 어쩌면 그 이하일지도 모르겠다.

오전 인터뷰로 인해 한껏 고무된 지성이의 기분은 국어 시간이 있는 오후까지 이어졌다. 이날 국어 수업은 '다시 보는 전래동화' 시간으로 '흥부와 놀부'에 대한 이야기가 주제였다. 가난하면서도 대책도 없이 자식만 많이 낳은 흥부는 무책임하다며 지성이가 목소리를

높였다. 안나는 놀부가 부모님의 재산을 공평하게 나눠 살림이 넉
넉했더라면 흥부가 자식이 많은 것이 아무런 질책 이유가 되지 않
을 것이라며 놀부의 욕심을 질책하며 맞섰다. 안나와 지성이가 옥
신각신하며 분위기는 점점 고조되어 갔고 결국 담임선생님이 정리
를 하며 마무리되었다. 하지만 수업시간이 끝난 쉬는 시간에도 설
전은 계속되었고 급기야 전래동화를 넘어 신데렐라와 백설공주 이
야기까지 이어졌다.

"신데렐라 언니의 행동은 당연했어. 본인이 왕자의 눈에 띄어야
하는데 신데렐라를 가게 할 순 없었지. 신데렐라가 예쁘니까 자기
는 불리하잖아."

지성이가 나비넥타이를 만지작거리며 계속해서 말했다.

"그리고 왕자는 신데렐라를 사랑하지 않았어. 신데렐라가 예뻤으
니까 춤을 췄고 예뻤으니까 쫓아간 거야. 대회장에 더 예쁜 여자가
있었더라면 신데렐라는 눈길조차 받지 못한 채 다시 집으로 가서
부엌일을 해야 했겠지. 내가 너무 신데렐라에 대한 환상을 깨버렸
나? 너무 기분 나빠하진 마."

단어 하나하나도 어쩜 그렇게 밉상일까. 지성이는 '예쁘다'는 단
어에 힘을 주며 말한다. 수업시간에 싸우던 그대로 맞받아치고 싶
은데 안나는 마땅히 떠오르는 말이 없었다.

"기분 나쁘긴. 신데렐라도 왕자를 사랑하지 않았어. 왕자였으니까 눈에 띄고 싶었던 거고, 왕자가 여는 파티였으니까 모진 풍파를 겪고서라도 파티에 참여하고 싶었던 거야. 동네 총각이 하는 막걸리 파티였다면 그렇게 기를 쓰고 가려고 하지 않았겠지. 피차일반이야. 서로가 사랑하지 않았지."

구세주다. 만만치 않은 단어 사용의 주인공은 역시 진성이었다. 피차일반의 뜻을 몰라서인지 갑자기 들어온 일격에 놀라서인지 지성이의 눈썹 한쪽이 치켜 올라갔다. 반 아이들의 집중이 느껴졌다. 진성인 무슨 말이라도 해야 한다고 느끼는 듯했다.

"어쨌든 예쁘다는 건 중요한 거야. 백설공주가 그렇지. 죽었는데도 왕자가 뽀뽀를 했을 만큼 공주가 예뻤다는 거잖아."

다시금 나비넥타이를 만지며 지성이가 말했다.

"그건 공주가 예뻤다기보다 왕자가 시체 애호가였기 때문이야. 죽어있는 사람에게 감정을 느끼는 사람이었다는 거지."

심드렁하게 말하는 진성이와 달리 안나는 충격을 받았다. 그리고 못지않게 충격받은 지성이의 표정도 잊을 수 없다. 지성이는 반격을 받았다는 것보다 내용 자체에 놀란 듯했다. 많은 대화가 오고 가진 않았던 쉬는 시간의 설전은 그렇게 끝났다.

이 일로 안나는 진성이의 집에 놀러 가는 친구 사이가 되었다. 다른 여자아이들처럼 단짝 한 명을 꼭 만들어야 하는 습성도 없던 진성이어서 집을 방문한다는 것은 안나에게는 마치 특권 같았다. 진성이네 집은 평범했지만 구성원들은 흥미로웠다. 마당에는 평상에서 강아지들에게 둘러싸여 낮잠을 주무시는 할머니가 있었고, 거실에는 할아버지가 만화 채널을 집중해서 보고 계셨다. 무엇보다도 진성이는 쌍둥이였다. 그것도 이란성 남매. 진성이와 전혀 닮지 않은 모습이었다.

'인생은 self'라는 가훈이 무색하지 않게 부모님이 별다른 관여를 하지 않았기 때문에 진성이는 학창시절 내내 스스로 아르바이트를 하며 용돈을 벌었다. 중학생 때는 학교 부녀회장과 어머님들에게 접근해 사춘기 자녀들의 심리를 해석해주고 소정의 상담료를 받기도 했는데, 치솟는 인기로 인해 옆 동네까지 소문이 퍼져 쌍둥이 오빠와 조를 짜서 활동하기도 했다. 길거리에는 '얘들아 힘들지? 엄마는 더 힘들어'라는 진성이가 만든 문구가 적힌 학원 차들이 유행처럼 돌아다녔다. 만족스러워하는 엄마들의 입장과는 다르게 동년배들의 눈초리는 곱지 않았지만, 게임기도 실컷 사고 매일 다른 운동화를 신기도 하는 호사를 누리는 등 풍요로운 학창시절을 보낼 수 있었다.

***

"지금 생각해보면 백설공주가 독사과를 먹게 된 건 거울이 눈치가 없었기 때문인 것 같아. 예뻐질 수 있는 온갖 거를 다 한 사람 앞에서 '너 말고 다른 사람이 제일 예쁘다'고 하는데 나라도 독사과 만들고 싶었겠다."

안나가 커피전문점에 들어오자마자 진성이를 발견하고는 속사포처럼 말을 쏟아냈다.

"오자마자 그게 무슨 말이야?"

"이름이 뭐였지?"

안나는 진성이의 질문에 대답하지 않고 질문부터 했다.

"누구를 말하는 거야?"

"네 오빠 말이야. 쌍둥이."

"같은 날에 태어났는데 오빠는 무슨. 근데 왜?"

"그냥 생각나서. 할아버지께선 잘 계셔?"

"할아버지도 궁금해? 뭐, 잘 지내시지."

"투니버스도 잘 보시고? 요샌 엠넷 보신다고 했나?"

"기억력도 좋다. 엠넷을 거쳐 요즘은 온스타일을 즐겨 보서."

온스타일을 즐겨 보시는 할아버지. 이젠 놀랍지도 않다.

"왜 엠넷 안 보시냐고 물어보니까, 뭐라더라. 어린 것들이 변함없는 사랑을 하자고 노래 부르더니 다른 아이돌이 나와서 바람피우지 말라는 노래를 부르더래. 그러더니 별안간 솔로로 데뷔한 아이돌이 나와서 너를 믿은 내가 바보라며 울부짖었대. 나보고 자꾸 그 프로그램 제작자 만나면 한마디 하라고 하시더라. 다른 쪽 채널이라고 몇 번을 말해도 안 들으셔."

묻지 않았는데 고개를 가로저으며 진성이가 부연설명을 한다. 진성이는 휴학 기간 동안 조연출 생활을 하고 지금은 케이블 방송국에서 프로그램을 맡아 공동 연출을 하고 있다. 재학 기간에도 수업을 일주일에 3일만 몰아 듣고 나머지는 본인 표현대로 방송국에서 먹고 자는 '개고생'을 한 덕에 비교적 일찍 입봉한 셈이다. 워낙 독특한 아이템을 많이 구상하는 편이라 다른 방송국에서도 러브콜을 하고 있지만, 용의 꼬리보다는 뱀의 머리가 되고 싶다는 본인의 뜻에 따라 그리 유명하지 않은 케이블에 있다.

"이번 주 내용은 뭐였지? 예고편 봤었는데… '겨털이 직모라면'이었나?"

촌스러운 빨간색 화면에 노란색 글씨로 '겨드랑이 털이 직모(直毛)라면?'이라고 기울어 쓰여 있던 모습이 스쳐 간다. 진성이의 프로그램을 꼬박 챙겨 보는 건 아니지만, 채널을 돌리다 보면 눈길이 안 갈 수 없다. 진성이 아이디어는 티가 난다. 특이하다는 단어만으로는 표현할 수 없는 뭔가가 있다.

"어. 이번 주는 '상상극장'이거든. 원래 다른 털이었는데 심의에 걸린다고 해서 겨드랑이 털로 바꾼 거야."

"……."

"맞아. 그거야."

"그래… 잘했네….”

안나가 가벼운 현기증을 느낀다. 기분 탓이겠지. 때마침 지연이가 온다. 약속 시간에 딱 맞춘 3시다. 지연이는 언제나 약속 시간 정각에 나타난다. 약속 전에 도착해서 기다리다가 정각에 맞춰 들어오는 게 아닐까 생각해본 적도 있었지만, 어느 쪽이건 상관이 없어 확인해보지는 않았다.

"커피 마시자. 쓴맛을 느끼고 싶어."

넋 나간 얼굴로 가방에서 지갑을 찾으며 지연이가 말한다.

예전엔 커피 한 잔에 5,000원가량 하는 이곳이 싫었지만 지금은 이들의 아지트다. 단돈 5,000원으로 소중한 사람들과 몇 시간이고 그들만의 이야기를 할 수 있는 공간 자체가 소중하다.

"다음 주부터 나간다고 했나?"

"어. 원래부터 일했던 곳이고 계약직으로 시작하긴 하지만, 첫 출근이라고 하니까 좀 떨리긴 해. 죽이 되든 밥이 되든 일단 해야지."

"그래. 그런 정신 좋아."

"넌 원서 넣은 거 어떻게 됐어?"

지연이가 쓴맛을 제대로 느끼고 싶다며 설탕 넣지 않은 커피를 쪽쪽 들이키더니 안나에게 묻는다. 지지배가 기억력도 좋다.

"연락 안 와…. 불합격이라도 문자 하난 보내주지. 다 떨어지고 월요일에 인턴 면접 하나만 있어."

아무렇지 않은 듯 말하지만, 안나 표정이 밝지 않다. 겨울방학이 끝나면 벼슬처럼 달고 있던 학생 신분도 끝이다.

"잘됐네. 어딘데. 광고 회사?"

"응. '에코기획'이라고 '재희' 광고 회사에서 일하던 사람이 나와서 차린 거라는데, 별로 같아. 인터넷 찾아보니까 인턴만 주구장창 뽑아서 돌린대. 인턴 뽑은 지 얼마 안 됐는데 또 뽑는 거라더라. 면접 오랜만에 보는 건데도 가기가 싫어."

안나가 애꿎은 빨대만 물어뜯으며 말한다. 인턴도 마다할 때가 아니지만 내키질 않는다.

"면접이라도 봐. 요즘엔 돈 주고 면접 연습한다던데. 왜 나쁜 회사인지 직접 겪어보는 것도 좋잖아. 회사가 영 아니다 싶으면 이 회사는 왜 인턴만 뽑냐고 당당하게 물어보고, 의자 막 집어 던지고 깽판 치고 나와."

안나와 지연이가 동시에 웃는다. 면접장에서의 깽판이라. 구직자들이 그럴 수 있다면 얼마나 좋을까. 안나는 깽판 치는 장면을 상상했는지 점점 더 크게 웃는다.

"근데 너희는 이력서에 취미하고 특기를 뭐라고 썼어? 나 그런 거 없는데."

가까스로 웃음을 멈춘 안나가 문득 생각난 듯 묻는다.

"진짜 취미하고 특기가 있어도, 이력서에는 관련 분야랑 연관된 걸 써야지. 난 취미는 '채널 변경' 특기는 '채널 고정'이라고 썼어. 싫어하는 건 '전파 낭비'."

"응. 그렇구나."

진성이의 대답에 안나가 건성으로 대답한다.

"크. 이거 중요한 건데 얘가 안 듣네. 이거 아무한테나 얘기 안 하는 건데, 너한텐 특별히 해줄게."

진성이가 자못 진지한 척을 하며 말한다.

"채널 고정은 TV 볼 때만 필요한 게 아니야. 네 이력서를 사람들이 볼 때 너만의 채널에 고정시켜서 매료시키는 무언가가 필요해. 채널 변경은 쉽지만 채널 고정은 어려워. 정말 재미없는 프로그램을 다른 짓 하지 않고 봐야 한다면 견딜 수 있는 사람은 별로 없을 걸? 아예 TV를 끈다면 모를까. '아무나 보겠지'라는 생각으로 쓰면 그게 너의 '전파 낭비'가 되는 거야. 근데 너네는 내 프로그램 볼 때 채널 고정해야 한다. 상상극장 '겨털이 직모라면?' 반드시 채널 고정!!"

진성이 이야기를 듣는 안나 표정을 보며 지연이가 히죽거린다.

"면접 잘 보고 합격하게 되면 일단은 그냥 들어가. 일하면서 또 면접 보러 다니면 되지. 광고 회사 멋진데? 그렇게 그리던 광고인이 되는 건가?"

안나가 입꼬리를 올리면서 희미하게 웃는다.

진성이가 프로그램에 대한 이야기를 계속 하고 있지만 귀에 들어오진 않는다. 주위를 둘러보면 하나같이 다들 평범한 것 같은데, 어떤 특별한 삶을 살아야 서류가 통과되고 취직을 하는 걸까? 다른 사람에게 어필할 만한 그 무언가가 나에게 있을까? 나의 채널에 그들을 고정시킬 수 있을까? 고민 덜기 위해 만났다가 고민을 하나 더 얹어가는 기분이다.

3

"나대용 씨, 김태희 씨, 안나 씨."

피곤에 지친 듯한 여자가 면접 대기 인원을 부른다. 처음엔 '앞쪽
으로 나와서 대기하세요. 소지품은 가지고 들어가지 않습니다. 자
리에 놔두시면 돼요.'라고 부연 설명을 하더니 이젠 아예 하지 않는
다. 앞사람 하는 걸 봤겠거니 하는 표정이다. 기다리는 사람들도 별
다른 불만 없이 자리에서 대기하고 있다. 휴대전화로 시간을 재고
있던 안나가 빠르게 계산해본다. 3명이 면접 보는 시간이 5분 정도.
한 사람당 2분도 채 안 된다. 심층면접이 아니다. 심지어 면접 보고
나온 사람들의 표정도 좋지 않다. 무슨 일이 있었던 걸까? 면접 질
문을 곱씹어 보기도 아까운 시간에 안나의 머릿속에는 잡생각들이
가득하다.

"안나 씨, 안.나.씨, 안 오셨나요?"

"아뇨. 여기요."

급기야 이름이 두 번이나 불렸다. 스스로 위아래를 재빨리 훑어보고 옷매무새를 가다듬으며 면접실로 들어선다. 창가 쪽에 긴 테이블이 놓여있고 남자 두 명과 여자 한 명의 면접관이 앉아 있다. 그런데 지원자들이 앉는 의자가 보이지 않는다. 서서 면접을 보다니. 예상치 못한 경우다. 이럴 줄 알았으면 똑바로 서 있는 연습을 좀 해둘걸. 후회가 밀려온다. 심지어 어디에 서야 하는지 바닥에 표시조차 없다. 다행히 함께 들어간 사람이 면접관과 2m쯤 떨어진 곳에 멈췄다. 안나와 나머지 면접자가 그 뒤를 쪼르르 따라가 옆에 나란히 섰다. 별말이 없는 걸 보니 알아서 잘 섰나 싶다. 맨 왼쪽에 있는 남자 면접관이 대충 이력서를 보더니 좋지 않은 표정으로 세 명을 훑는다. 남자의 표정을 보고 같이 인상 쓰던 안나는 급하게 웃는 표정을 지었다. 졸지에 눈썹은 찡그렸는데 입는 웃고 있는 이상한 표정이 됐다. 안나는 의식하지 못하고 입꼬리만을 올리려 애썼다.

"이름이 전부 특이하네."

가운데 면접관이 분위기를 풀어주려는 듯 유쾌한 목소리로 말했다.

"하하하."

안나는 다른 두 사람의 이름을 기억하지 못했지만 다같이 웃는 분위기에 어쩔 수 없이 더 입꼬리를 올렸다.

"나대용 씨는 어학연수를 다녀왔네?"

좋았던 분위기는 잠시, 왼쪽 면접관이 표정을 풀지 않은 채 물었다.

"네. 캐나다에 1년 반 동안 있었습니다."

호의적인 첫 질문이라 생각했는지 남자 지원자가 웃음기를 머금고 활기차게 대답한다.

"근데 왜 토익이 900점이 안 넘어? 한국에서 공부한 사람도 900점은 넘쳐나는데. 부모님께 기껏 돈 받아서 뭐 하고 온 거야, 1년 반 동안?"

반전이었다. 이게 압박 면접이구나 싶었다.

"아, 그게. 그렇지만… 어학연수를 다녀오기 전에는 500점도 채 안 되는 점수였습니다. 저에게는 많은 향상이라고 생각합니다."

예상치 못한 질문에 놀랐는지 지원자가 잠시 멈칫했지만 나름대로 답변을 했다.

"공모전에서 수상도 했습니다. 저는 욕심이 많고 포부가 큽니다. 이 회사에 들어온다면 분명 회사를 발전시키는 인재가 될 수 있을 거라고 생각합니다. 그리고…"

안 되겠다고 생각했는지 남자 지원자가 시키지도 않은 말을 하기 시작했다.

"그래요. 그건 우리가 판단할게요."

지원자의 말이 더 이어지려는 찰나 까칠한 면접관이 얼굴도 안 보고 제지를 시켰다. 면접실의 분위기가 싸해져 갔다.

"아유. 유명인이 오셨네. 김태희 씨?"

"네"

옆에 있는 여자 지원자가 다소 떨리는 목소리로 대답했다. 이름이 김태희다. 한 번 들으면 절대로 잊을 수 없는 이름이다. 아마도 놀림을 많이 당했으리라. 면접이 끝나면 얼굴을 슬쩍 봐야겠다고 안나는 생각했다.

"공모전에서 상을 많이 받으셨네요."

가운데 면접관이 얼어있던 분위기를 그나마 누그러뜨려 준다.

"네. 함께했던 조원들이 다 역량이 뛰어나서 시너지 효과를 얻었던 것 같습니다."

"그 친구들은 지금 뭐 해요?"

까칠한 면접관이 가시 돋친 목소리로 물었다.

"두 명은 광고 회사에서 일하고 있고, 다른 한 명은 유통 회사로 입사해서 다른 길을 걷고 있습니다."

처음에는 떠는 것 같더니 이제는 제법 또박또박 의견을 말한다.

"나이가 좀 많네요. 취업 안 하고 뭐 했어요? 여긴 직원도 아니고 인턴 뽑고 있는데. 나이 때문에 괜찮겠어요?"

괜찮냐고 묻고는 있지만 어감은 나이 때문에 안 된다는 말투다. 여자 지원자도 기분이 상했는지 반격에 들어간다.

"지원 자격에는 나이 제한이 분명히 없었고, 일하는 데 나이는 아무런 문제가 되지 않는다고 생각합니다."

조곤조곤하지만 단호한 말투다.

"스스로 생각했을 때 말야, 이 방면으로 뛰어난 능력이 있다고 생각해요?"

까칠한 면접관이 대뜸 묻는다.

"네?"

여자가 약간 놀란 듯 대답한다.

"본인이 생각해도 스스로 놓치기 아까운 인재예요? 안 그렇잖아. 태희 씨 같은 스펙은 널렸어요. 똑같이 그저 그런 인재라면, 회사에선 차라리 젊은 사람을 쓰겠죠. 안 그래요? 내가 너무 직설적인가?"

'네. 직설적이에요. 그보다 무례해요!'

안나는 크게 말하고 싶었다. 차례가 돌아온다면 싸가지 면접관이 어떤 망언을 할지 걱정됐다. 면접은 중요하지 않았다. 말문이 막힌 듯 조용히 있는 여자 지원자를 보니 5분 후 울고 있을 본인의 모습이 보이는 것만 같았다. 안나는 당장에라도 나가고 싶었다.

"안나 씨?"

"응? 아니, 네?"

'응'이라니. 너무 긴장하고 말았다. 순간 여자 면접관이 '픕' 하고 웃었다. 지금껏 아무런 질문도 하지 않은 채 지원자들만 조용히 바라보던 면접관이었다. 얼핏 배우 이미숙의 느낌이 난다. 긴장된 순간에도 궁금했다. 저 여자는 누굴까.

"졸업을 아직 안 했어요?"

감사하게도 가운데 면접관이 질문해주었다.

"네. 이제 내년 2월에 졸업입니다."

안나가 입꼬리를 최대한 올리고 웃으며 말했다.

"1년 휴학했었네요?"

까칠한 면접관이다. 순간 온몸의 세포가 긴장했다. 이어서 무슨 말을 할까.

"1년 동안 뭐 했어요?"

올 것이 왔다 싶었다. 안나로서도 기억하고 싶지 않은 1년이었다. 잠시 눈을 감고 차분히 생각했다. 그렇다. 이건 압박면접이라기보다 면접관의 평소 말투와 성격일 거다. 그렇다면? 최대한 자연스럽게 대답해야 한다.

"많은 걸 일깨워준 고마운 1년이었습니다. 모르는 사람들과 스터디 모임을 만들어 토익 공부도 하고 이런저런 공모전에도 도전했습니다."

급하게 포장하긴 했지만, 전혀 마음에 들지 않았다. 기댈 것은 미소밖에 없다. 안나는 다시 입꼬리를 올렸다.

"토익도 간신히 700점이고, 공모전 수상기록은 없고. 차라리 어학연수를 다녀오지 그랬어요? 1년이 날아갔네."

까칠한 면접관이 빈정거리듯 말했다. 안나도 충분히 알고 있는 부분이었다. 하지만 이런 식으로 듣는 건 원치 않았다. 안나가 선택해서 보낸 1년이었다. 순간 진성이와 지연이랑 카페에서 대화를 나눴던 장면이 스쳐 지나갔다. 물론 깽판을 칠 순 없었다. 하지만 어차피 떨어질 거라면 할 말은 하고 싶었다. 이대로 가면 후회할 듯했다.

"그때를 후회하진 않습니다."

안나가 땅을 보며 입을 열었다. 그리고 천천히 고개를 들었다.

"그 1년이 있었기에 지금의 제가 있었다고 생각합니다. 물론 눈에 보이는 성과는 없었지만, 좋은 사람들과 공부하면서 치열하게 도전도 했습니다. 사람이 에너자이저도 아니고 누구나 해보고 싶은 거 할 수도 있고 충전할 수 있는 거 아닙니까? 그 1년은, 날아가지 않았습니다."

이 얘길 어디서 들었을까? 달리 연습하지도 않았는데 기특하게 틀리지도 않고 제 입에서 술술 나온 말이 안나는 마냥 기특했다. 까칠한 면접관은 별다른 말을 하지 않았다. 아예 관심이 없는 듯한 표정이었다. 단지 여자 면접관이 웃는 모습을 볼 수가 있었다. 그리고 그 면접관은 끝까지 한마디도 하지 않았다.

그렇게 면접은 끝났다.

★ ★ ★

"그 면접관, 정말 싸가지 없지 않니? 진짜 장난 아니었다니까!! 네가 그 표정을 봤어야 했어. 눈을 막 이렇게 뜨고 입은 한쪽만 이렇게 올리고 '1년을 날린 거네?'라고 하는데 순간 주먹을 불끈 쥐었다니까."

과장된 표정을 지으며 안나가 열변을 토하더니 별안간 자리에 풀썩 주저앉아 말을 잇는다.

"근데… 내가 왜 붙었을까…? 면접 본 사람은 다 붙은 건가…? 다른 사람들이 안 간다고 했나…?"

안나가 초점 없는 눈으로 느릿느릿 말한다.

046   "가지 말까…? 그냥… 갈까?"

안나가 맥주캔에 빨대를 꽂고 쪽쪽 빨면서 누군가의 대답을 기다리고 있다. 안나가 보고 있는 건 고양이다. 대답할 리가 없다. 온몸이 검은색인 멋진 고양이는 안나를 한 번 쳐다보더니 다시 혀로 자기 몸을 핥고 있다. 언제나 그랬다. 안나가 말을 하고 있으면 자기가 내키는 행동을 하다가 듣고 있으니 안심하라는 듯 중간중간 안나를 잠깐씩 쳐다봐준다.

"간다고는 했으니까… 가야겠지?"

안나가 다시 묻는다. 고양이도 안나를 쳐다보더니 기지개를 켜고 다시 앉는다. 대충 앉는 것 같았는데 제법 요염하다. 검은색이라 그런지 당당해 보이는 것 같기도 하다. 고양이가 안나를 빤히 쳐다본다. 입 주위의 수염이 움직인다.

"왜. 가려고?"

이 고양이는 가기 전 늘 수염을 움직인다. 안나가 다급하게 말을 잇는다.

"그럼 나도 일단 가보지 뭐. 다음엔 우유 사다 놓을게."

"냐~"

고양이는 마치 알아들었다는 듯 짧은 대답을 하고 나무 위로 사뿐히 뛰어올랐다. 안나가 방금 전 고양이가 있었던 곳을 바라보며 다시금 맥주를 마셨다. 오늘따라 맛이 쓰다.

＊＊＊

"안나 씨, 벌써 다 했어? 그럼 이것도 부탁해. 7장씩 앞뒤로 복사해줘. 스테이플러 찍는 거 알지?"

까칠했던 면접관, 아니 이젠 이 과장이라고 불러야 한다. 이 과장이 A4 용지 뭉치를 건네며 말한다. 인턴으로 일한 지 어느새 2주째다. 갈지 말지 고민했던 기억도 까마득하다. 이젠 그만둘까 말까 고민 중이다. 2주째 복사만 하고 있다. 아르바이트와 별반 다를 게 없다. 인턴이라는 호칭을 붙여주는 게 고마울 뿐이다. 생각도 잠시, A4 용지 뭉치를 들고 복사기 앞으로 간다.

"안나 언니. 과장님이 스토리보드 가져오라는데 그게 뭐예요?"

세상에나. 광고 회사 인턴으로 있으면서, 그것도 2주째 끊임없이 기본적인 상식을 하루도 빠짐없이 물어보며 안나를 질리게 하고 있는 목소리의 주인공은 같은 팀의 인턴 동기 나현이다. 나현인 무슨 일을 하건 열의가 없다. 모르는 것에 대해 알고자 하는 의욕도 없다. 덕분에 웬만한 일은 전부 안나가 한다. 악의는 없는 것 같아 별말은 하지 않고 있지만, 나현이가 못 하면서 안나가 맡게 되는 자잘한 일이 많아지자 짜증이 쌓이고 있다.

"스토리보드가 뭐냐면, 우리 그때 회의실에서….."

"넌 그것도 모르니? 우리 회사에는 대체 어떻게 들어왔니?"

우리 회사? 대화가 한창일 때 늘 등장해 본인이 모든 일의 관리자인 양 참견하는 이 사람은 회사 직원이 아닌 1팀의 또 다른 인턴 동기 나대용이다. 아버지의 태몽에 거북선이 등장해 거북선을 만든 조선 시대의 인물 '나대용'의 이름을 그대로 지었다고 한다. 하지만 엄청 나대는 성격이라 알게 모르게 이름으로 비꼼을 당하고 있다. 이 사람은 면접에 어떻게 붙었을지 안나는 본인이 붙은 것만큼이나 미스터리라고 생각했다.

"나현아. 대리님 책상에 있는 저 판때기 같은 거 있지? 그거 갖다 드리면 돼."

나대용의 입에서 다른 말이 나오기 전에 상황을 끝내는 게 좋겠다고 판단한 안나가 말했다. 이런 일에 신경 쓰고 싶지 않다. 앞가림만으로도 머리가 복잡하다. 일단 속해 있는 이곳에서 인정받고 싶지만, 복사만 하고 있는 지금으로선 인정받을 길도 없다. 답답한 마음에 A4 용지 박스 더미에 앉아 복사기에서 인쇄되어 나오는 종이들을 물끄러미 바라본다. 회사에서는 무슨 프로젝트를 진행하고 있는 걸까? 인쇄된 문서를 꺼내본다. 전부 영어로 쓰여 있다. 차근차근 읽어본다.

thank you for participation… '가만… 이게 참여하게 돼서 감사

하다는 건가, 참여해줘서 감사하다는 건가…?' 처음부터 해석이 안 된다. 비루한 영어 실력이 후회스럽다.

"안나 씨, 다 됐으면 회의실로 가져와."

툭 던지듯 말하는 이 과장의 외침에 정신이 든 안나는 때마침 마무리된 인쇄물을 가지고 회의실로 들어갔다. 웬일인지 인턴들까지 모두 자리에 앉아있다. 그동안 인턴들은 회의에 참석하지 않았다. 무슨 일일까 궁금한 마음을 안고 남은 자리를 찾아 조용히 앉았다.

"기쁘고 중요한 소식이에요. 해외 자동차 엔진 오일 업계 1위를 달리고 있는 'Ready for Power Engine' 업체가 국내 런칭 앞두고 있다는 얘기 알고 있죠?"

안나는 브랜드 이름은커녕 엔진 오일이라는 것도 생소하지만 분위기상 다른 사람들이 하는 것처럼 고개를 살짝 끄덕거렸다.

"나도 런칭 앞두고 광고에 상당히 민감해하고 있는 걸로만 알고 있었는데. 어쨌든, 음… 원래 메이저 광고 회사 5개만 선정해서 경쟁 프레젠테이션 하기로 했었다고 하는데, 우리 회사까지 포함해서 총 6개 회사가 하기로 했어요."

직원들은 화색이 돈 반면 인턴들은 무슨 대수냐 싶어 조용하다.

"사장님이 이번 미국 출장 가시는 김에 그쪽 본사에 들러서 혹시나 하고 직접 제안서를 전달하신 모양이에요. 기대는 안 하셨다고 하는데 어쨌든 좋은 성과죠."

사장님이? 안나를 포함한 인턴들은 사장님의 얼굴을 본 적이 없다. 인턴 출근 첫날부터 해외출장을 가셨기 때문이다. 중간에 한 번 회사에 들르셨다는 얘기를 들었지만 짧은 시간에 인턴까지 보고 갈 여유는 없었다. 어쨌거나 분위기로 봐서는 중요한 프로젝트인 것 같았다. 인턴들의 표정을 보고 이 과장이 입을 연다.

"광고 2팀은 이미 진행 중인 프로젝트가 있으니까 이번 건은 우리 1팀이 맡기로 했어요."

안나는 광고 1팀에 속해 있다. 인턴으로 총 6명이 들어와서 광고 1팀과 2팀에 각 3명씩 배정됐다. 이 과장이 광고 1팀 소속이라는 얘길 듣고 2팀으로 가기를 간절히 바랐지만, 삶은 그런 행운을 안나에게 허락하지 않았다. 회사라고 해도 전 직원 20명 정도밖에 안 되는 곳인데 설상가상으로 광고 1팀은 회사에서 '블랙홀'이라고 불린다. 역시나 악명 높은 이 과장이 그 중심이다. 원래 이름은 '이상환'이지만 거지 같은 성격으로 인해 '이상한' 과장이라고 불린다. 심할 때는 '이지랄'이라고도 불린다. 그 밑에는 '좆대리'라고 불리는 조 대리가 있다. 회사에 붙어있기로 마음먹었다면 일단 '벙어리 1개월, 귀머거리 1개월'을 추천한다고 말하며 회식 때 안나에게 윙크했던 유부남이다. 이 과장과 같은 기회주의자이다. 그리고 이직을 꿈꾸며 경력 2년이 되길 기다리면서 있는 듯 없는 듯 지내고 있는 박 주임이 있다. 면접 볼 때 인원을 체크하며 주의사항을 알려주던 여자다. 박 주임은 회사에서 누구든 친한 사람을 만들려고 하지 않는다. 친해지면 부탁을 들어줘야 하는 일이 생기기 때문이란다. 월급만큼의 일을 정해두고 다 했다 싶으면 멈춘다. 그 이상의 일은 하지 않는다. 상사가 남아있어도 당당하게 칼퇴근을 하는 사람이다.

"아, 그리고 이번엔 인턴들도 프로젝트에 참여하도록 해요. 각 프로젝트에서 인턴 1명 정도는 정직원으로 채용하려 하니까 열심히 하고."

이 과장이 덧붙여 말한다. 인턴들도 프로젝트에 참여하게 된다는 말에 기분 좋아하던 안나가 뒷말에 멈칫한다. 이 상황에서 정직원 채용 얘기는 적절하지 않다. 게다가 1명이라는 인원을 명시할 것까지야. 결국 인턴들 간에 경쟁 분위기를 조성하겠다는 말과 다름없다. 채용 계획이 정확한 사안도 아니지 않은가? 안나와 나현이는 별다른 반응 없이 앉아있었고 나대용만이 눈에 띄게 고무된 표정으로 눈알을 굴렸다.

"안나 씨, 복사해온 거 나눠줄래요?"

본격적인 프로젝트 설명을 위해 이 과장이 말했다.

"제가 하겠습니다."

나대용이 벌떡 일어나더니 안나 앞에 놓여있던 자료를 사람들에게 배부하기 시작했다. 역시 이 사람은 안나가 생각하는 패턴대로 움직인다. 나대용을 쳐다보는 다른 사람들과는 달리 안나는 그저 묵묵히 문서를 들춰본다.

"맨 앞장은 프레젠테이션 참가 서류를 사장님이 주고받으신 건데, 혹시 모르니 참고하라고 첨부했어요. 뒷장에는 이 업체가 해외에서 했던 광고들을 좀 모아봤고, 출시 때부터 지금까지의 시장점유율을 표로 작성한 것도 있으니까 주말에 꼭 읽어보도록."

읽어보도록? 설명을 안 해준다는 이야긴가? 대부분이 영어로 된 자료들인데. 안나가 황급히 이 과장을 쳐다본다.

"왜. 금요일인데 야근하면서 회의하고 싶나? 시간이 얼마 없어요. 설명은 다 했으니까 주말에 각자 자료 조사하고 아이디어 생각해서 월요일에 회의하는 걸로 합시다. 하루 종일 회의하게 될지도 몰라요. 각자 철저하게 준비해 오도록. 이상."

주말 약속이 날아가고 있는 순간이었다. 무엇보다 아무것도 모르는데 뭘 자료 조사하고 아이디어를 생각해오라는 건가. 별명이 무색하지 않은 사람이다. 그래도 기분이 마냥 나쁘지는 않았다. 인턴 생활 2주 만에 진정한 일을 해볼 기회가 생겼기 때문이다. 그리고 옆자리에는 안나와는 다른 이유로 들떠있는 나대용이 결의에 찬 표정을 짓고 있었다.

"열심히 해봐. 페어플레이 하자."

나대용이 회의실을 나서는 안나에게 별안간 악수를 청했다. 이 사람은 이번 프로젝트를 직원 등용문으로 인식하는 듯하다. 안나가 무슨 말을 하려는 듯 입을 뗐다가 그냥 다물고 고개만 살짝 끄덕인다. 분명 다른 목적이지만 안나 역시 잘하고 싶다. 생활이 단조로웠던 탓이다. 드디어 시작이구나 싶었다. 심호흡을 크게 했다.

★ ★ ★

머리를 쥐어짜는 사이 벌써 일요일이다. 회의 준비도 중요하지만 친구들은 만나야 한다. 2주 만의 만남이 반갑기도 하지만 물어보고 싶은 게 많다. 어제 종일 자료 조사를 했지만 만족스럽지가 않았다. 애들과 얘기하다 보면 가닥이라도 잡힐지 모른다는 생각에 나름 비장한 각오로 약속 장소로 갔다.

늘 만나는 커피숍의 같은 자리. 언제나 비어있다. 좋은 징조다. 자리에 앉자마자 누군가 말없이 옆자리에 앉는다. 놀라서 쳐다보니 지연이가 씩 웃고 있다. 시계를 보면 약속 시간 정각이다.

"역시."

안나가 말한다.

"뭐가?"

지연이가 묻는다.

"있어. 그런 거."

"뭐야. 진성이는?"

"늦는대. 지금도 일하고 있다더라. 걔는 조연출 벗어났는데도 왜 그렇게 바쁜지 몰라. 방송 보면 바쁠 것 같지는 않은데."

안나가 의아하다는 듯 말했다.

"문의 전화나 게시판 폭주 때문에 바쁜 거겠지. 지난주 거 봤어? 엄마랑 같이 보는데 웃다가 소파에서 떨어졌어. 친구가 만든 거라고 차마 말을 못 했다니까. 매주 챙겨보니까 엄만 내가 이상하다고 까지 생각하는 거 있지."

방송을 되새겨 보는 듯 허공을 보며 말하던 지연이가 피식거리며 웃는다. 그렇고말고. 충분히 이해 간다. 안나도 진성이 방송을 볼 땐 누가 들을세라 볼륨을 줄인다.

"대체 겨드랑이 털이 직모라는 상상은 어떻게 한 거야?"

지연이가 안나를 보며 묻는다.

"난들 아니? 그보다 그 상상을 왜 방송에 내보냈는지가 중요하지 않을까?"

"궁금해하는 사람이 있으니까 그렇겠지. 얘기 들어보면 시청률 완전 바닥은 아니라는데?"

믿기 힘든 얘기다. 프로그램과 관련된 지인들이 아니고서야 대체 누가 그 방송을 보는 걸까? 누군가 방송을 우연히 보게 된다면 채널 고정은 될 듯도 싶다. 어이없어서. 혹은 대체 이건 뭐지? 하는 이유로.

"진성인 정보 제공 프로그램이라는데 내가 보기엔 오락 프로그램이라는 단어로도 부족한 그냥 '코믹 프로'야."

지연이가 말했다. 안나는 가만히 방송을 떠올려본다. 조잡한 화면과 함께 자막이 넘실거렸다. 겨털이 직모라면 머릿결이 다르듯 윤기에도 차이가 있어서 어떤 사람은 찰랑거릴 거라는 둥, 관리하는 마니아가 생길 거라는 둥, 어쩌면 성적 매력에 포함될 수도 있을 거라는 둥의 내용이었다. 그 모습을 연기하는 여자 배우는 대체 어디서 구한 걸까? 심지어 예쁘기까지 했다.

"겨드랑이 털이 뻗친다고 표현하는 것도 웃기더라. 근데 팔을 들고 살지 않는 이상, 뻗치는 건 어쩔 수 없지 않나?"

"지연아. 우리 겨털 얘기는 그만하자."

아닌 게 아니라 지연이의 목소리는 점점 더 커지고 있었고 사람들이 힐끔 쳐다보고 있었다. 지연이는 몽롱한 표정으로 얘기를 계속

했다.

"그래 뭐. 어쨌든 말이야. 진성인 범상치 않아. 내키는 대로 사는 것도 한몫하지만, 무엇보다 패턴이 달라. 사람의 패턴은 정해져 있어. 적어도 지금까지 만난 사람은 모두 그랬어. 너 내가 왜 통계를 배웠는지 아니?"

지연이가 갑자기 안나를 쳐다보며 질문했다. 궁금하진 않았지만 예의상 고개만 가로저으며 대답을 대신했다.

"통계에서는 모든 게 정해져 있어. 처음 본 사람과 사랑에 빠질 확률, 길 가다가 벼락 맞을 확률. 너 지각 자주 하지? 심지어는 네가 지하철을 놓쳐서 지각하게 되는 것도 다 확률이야. 우연히 지하철을 놓친 게 아니라는 거지."

지연이가 눈을 끔뻑끔뻑 뜨며 듣기만 하고 있는 안나를 보고 말을 이어간다.

"마트에 가면 네가 서 있는 줄만 항상 늦게 줄어든다고 했잖아? 그건 네가 재수 옴 붙어서 그렇기도 하지만, 사실은 그게 다 확률 때문에 그런 거야."

요걸 확, 싶다가도 뒷말이 궁금해서 계속 듣고 있다.

"재미있지 않니? 그래서 배웠어. 막상 이론 배울 땐 현기증 날 때도 있긴 한데, 뭐… 어쨌든 진성이 행동은 패턴이 없는 거 같아서

나에겐 연구 대상이야."

다리 한쪽을 꼬며 푹신한 의자에 기대앉아 있던 안나가 몸을 앞으로 숙이고 한 손으로 턱을 괴었다. 골똘히 생각할 때 나오는 자세다.

지연이의 말대로라면, 각자 인생을 사는 방식도 확률로 정해졌을까? 누구는 포기를 쉽게 하니까 이런 운명에 가깝게 될 거고, 쟤는 욕심이 많으니까 잘될 확률 몇 퍼센트, 이렇게? 그건 운명이랑 비슷한 걸까?

"악!!"

생각에 빠져있던 안나를 진성이가 갑자기 놀라게 했다. 순간적으로 나온 비명과 추한 표정 때문에 주위 사람들이 놀라면서도 키득거리며 웃었다. 안나의 비명에 진성이도 잠시 놀랐지만, 이내 특유의 담담한 표정을 지으며 가방을 탁자 위에 올려놨다.

"놀랐잖아!"

"죄지었냐, 뭘 그렇게 놀라."

"됐다…. 생각보다 일찍 왔네?"

진성이는 대답 대신 고개만 끄덕였다. 테이블의 절반 이상을 차지하고 있는 진성이 가방은 야구 선수들이 사용하는 것보다 큰 사이즈다. 그 안에는 방송국에서 먹고 자며 갈아입었을 다수의 옷이 들어있을 것이다. 자세히 보니 지금 입고 있는 옷도 깨끗하진 않다. 여기저기 구겨져 있고 곳곳에 각종 음식들의 흔적이 있다. 분명 이틀 이상 입은 옷이다. 물론 진성이는 전혀 상관하지 않는다. 옷을 보온 기능 그 이상으로 생각하지 않기 때문이다.

가방 옆에 놓여있는 휴대전화에는 열쇠 한 개가 외롭게 달려있다. 진성이 애마인 쥐색 프라이드의 열쇠다. 1980년대를 풍미했던 전설의 그 차는 진성이와 나이가 비슷하다. 진성이는 그 차를 '쥐돌이'라고 표현한다. 할아버지의 애마였던 '쥐돌이'는 고령의 이유로 운전할 수 없게 된 할아버지의 곁을 떠나 2년 전 진성이에게 왔다. 진성이는 할아버지에게 찻값으로 10만 원을 드렸다. 1년에 한 번 정도 도로에서 멈춰 서는 것을 제외하면 제값 이상을 훌륭히 해내고 있다.

"쥐돌이는 잘 굴러가?"

안나가 뜬금없이 물었다.

"당연하지. 이따 태워줄게. 차가 많이 흔들려서 재미있어. 놀이기구 타는 것 같다니까?"

"오래돼서 연비도 장난 아니겠다."

"오, 노. 그렇지 않아."

진성이가 검지를 휘휘 내저으며 말했다.

"자동차 연비는 운전자의 습관에 따라 달라진단다. 공회전만 줄여도 몇만 원은 아껴. 정기적으로 엔진 오일 좀 먹여 주고."

면허도 없는 안나는 공회전이 뭔지 관심도 가질 않는다. 그리고 엔진 오일은…

쾅!!

가만있던 지연이가 놀라서 짧은 비명을 질렀고 진성이는 뭘 잘못 말했나 싶은 마음에 눈이 똥그래졌다. 테이블을 친 안나도 스스로 놀랐는지 움찔거리며 주위를 살폈다. 몇몇 사람들이 찡그리며 쳐다보고 있다. 저 테이블은 아까부터 왜 그러나 하는 표정이다.

"아니, 엔진 오일 때문에…."

안나가 기어들어가는 목소리로 말했다. 지연이와 진성이는 무슨 얘긴지 몰라 멀뚱멀뚱 쳐다만 보고 있다. 안나는 잠시 머뭇거리다가 회사에서 진행하려고 하는 프로젝트를 설명했다. 챙겨온 자료도 가방에서 주섬주섬 꺼냈다.

"어제 하루 종일 검색했는데 무슨 소린지 하나도 모르겠어. 면허라도 따둘걸."

"난 면허 있어도 몰라. 차가 없어서 그런가."

지연이가 여전히 눈을 멀뚱멀뚱 뜨며 말했다.

"면허 있고 차 있지만, 나도 딱히 아는 건 없어."

영어로 된 자료들을 읽으며 진성이도 대답했다. 당장 내일이 회의라는 생각과 함께 안나의 어깨가 축 처진다.

"그럼 엔진 오일은 어디 거 쓰는데?"

이대로는 안 되겠다 싶었는지 진성이를 애타는 눈빛으로 쳐다보고 묻는다. 어떤 대답이라도 좋으니 모른다는 말은 하지 말아 달라는 표정이다.

"몰라."

마음이 전해지지 않았다.

"정기적으로 넣는 게 있긴 한데 이름을 몰라. 그리고 그런 건 몰라도 돼. 정비소에서 다 알아서 해주니까. 바가지 안 먹게 가격대만 대충 알고 가면 되는 거야."

"얼만지도 몰라?"

"엔진 오일만 갈아보진 않았는데 5만 원은 안 넘을 거야."

"안 넘을 '거야'는 뭐야."

이제 안나 얼굴은 거의 울상이 됐다.

"보통 오일만 갈지는 않아. 오일 필터나 에어 클리너 같은 것도 같이 하거든. 어제 종일 조사한 거 맞냐?"

물론 맞다. 조사라고 해 봤자 인터넷 검색이었지만 작은 정보 하나 놓칠세라 열심이었다. 쓸데없이 컴퓨터만 하고 있다는 엄마의

핀잔에도 아랑곳하지 않고 10시간 이상 매달렸다. 결국 A4 용지에 인쇄한다면 백여 장은 족히 넘을 자료를 모았지만 필요한 정보를 추스르지는 못했다. 아무리 읽어도 머리만 아팠고 전문용어도 너무 많았다.

"조사해보니 엔진 오일이 뭔진 알겠더냐?"

"기름이지 뭐. 근데 주유소에서 넣는 기름은 다 떨어지면 차가 멈추잖아. 엔진 오일도 안 갈면 멈춰? 아니면 차가 '펑' 하고 터지나?"

진성이가 티 나지 않게 한숨을 쉬더니 무표정으로 안나를 쳐다본다.

"그래. 뭐 오일이니까 기름이긴 하지. 너무 안 갈아주면 기름에 찌꺼기도 많이 생기고 이상해져. 사람으로 치면 동맥경화처럼 되는 거지."

진성이가 나름대로 쉽게 설명했지만 안나는 동맥경화에 대해서도 잘 몰랐다. 그래도 안 좋은 거라는 건 알고 있는 듯했다.

"그리고 차가 '펑' 하고 터지지는 않을 거야…. 아마… 차가 좀 이상해지긴 할걸?"

안나가 '너도 잘 모르는구나' 하는 눈빛으로 진성이를 쳐다본다. 진성이도 '네가 이상한 걸 물어보니까 그렇지' 하는 표정으로 맞선다.

"오빠가 그러는데."

말없이 문자를 주고받던 지연이가 쯧쯧거리며 입을 연다.

"누구 오빠?"

"곰탱이 말야!"

지연이는 친오빠를 곰탱이라고 부른다. 지연이와는 10살이나 차이가 난다. 적당히 살집이 있는 몸집이 정말로 곰처럼 생겼다. 다행히 무서운 곰이 아닌 귀여운 곰을 닮았다. 의도적인 건 아니겠지만 갈색 옷을 좋아한다.

"얼마 전에 차 뽑더니 동호회 가입하고 난리였거든. 그래서 물어봤더니 아주 장문의 문자를 보내셨구먼. 더 궁금하면 전화하란다. 평소엔 문자를 잘도 씹어 드시더니."

지연이가 입을 삐죽거리며 못마땅한 표정으로 휴대전화를 안나에게 건넨다. 문자를 읽는 안나의 눈이 빠르게 굴러간다. 내용이 아무리 길다고 해도 문자일 뿐인데 계속 읽는 걸 보니 여러 번 읽고 있는 듯하다. 약간 침울했던 안나의 눈이 말똥말똥해졌다. 이 모습을 가만히 웃으며 보고 있던 지연이가 휴대전화를 가져가더니 받은 문자를 안나의 휴대전화로 전송해주며 입을 연다.

"일단 기존에 조사했던 자료 중에 자동차나 엔진 오일에 관련된 거 있나 찾아볼게."

무슨 말인가 싶은 안나가 대답 없이 눈만 끔벅거리며 쳐다본다.

"평소보다 한 시간 정도만 일찍 가면 검색하는 데 충분하겠다. 빠르면 12시 전에 메일로 보내줄 수 있을 거야. 새로 설문조사를 하면 좋겠지만 의뢰하는 비용이 만만치 않아. 시간도 부족할 것 같고. 내가 도와줄 건 이것밖에 없다."

그제야 무슨 얘긴지 알게 된 안나의 눈이 반짝거렸다. 생각지도 못했는데 이렇게 고마울 수가 없다는 표정으로 지연이의 손을 덥석 잡았다. 순간 안나의 배에서 꼬르륵 소리가 들렸다.

"고마우면 밥이나 사라."

지연이는 언제나 타이밍이 좋다.

"잘 먹을게."

진성이가 놓치지 않고 받아치며 활짝 웃는다. 고마운 친구들이다. 집에 가서 새로 조사해야 할 것들이 산더미처럼 생겼지만 마음은 홀가분하다. 역시 만나길 잘했다.

4*

"오늘은 바로 회의 시작합시다. 나현 씨, 인원수에 맞게 커피 좀 타와요."

비로소 월요일 아침이라는 게 실감 나는 순간이다. 말을 던지는 듯한 이 과장의 목소리는 아직도 적응이 안 된다.

"저 커피 탈 줄 모르는데. 양을 못 맞춰요."

이 과장의 말에 미안한 기색 하나 없이, 게다가 해맑게 웃으며 나현이가 말했다. 커피 메이커에서 다 내려진 원두를 그냥 컵에 따라오면 되는 건데 대체 무슨 양을 못 맞춘다는 걸까. 예상했다는 듯 안나가 커피를 가져오기 위해 일어섰다.

"제가 하겠습니다."

며칠간 잊고 지냈던 나대용이다. 평소와는 다르게 말끔한 옷을 차려입고 한 손에는 자료 뭉치를 정성스럽게 들고 있다. 머리도 말끔히 넘겼는데 무언가를 바른 듯하다. 얼마나 준비를 해왔는지 표정도 당당하다. 그 모습이 누굴 연상시키는데 생각이 날 듯 말 듯하다. 많은 커피 잔과 서류를 한 번에 들 순 없을 것 같지만 굳이 도와주고 싶지는 않다.

안나는 회의실로 들어가 타원형 탁자 맨 끝자리에 앉았다. 서열순으로 따져도 거의 끝자리지만 한 사람씩 발표할 때 다른 사람들의 반응이나 표정을 보고 싶어서다. 끝자리에 앉으면 발표를 나중에 할 가능성이 많지 않을까 하는 계산도 깔려있다. 다른 사람의 의견을 들어보고 괜찮은 것은 메모해 두었다가 발표할 때 참고하는 것도 좋겠다 싶다. 스스로의 계획에 만족한 안나가 미소를 짓는다. 이런저런 생각을 하는 사이 커피 잔이 놓이고 회의가 시작됐다.

직원들의 여러 말들이 오갔다. 분위기 파악을 위해 가만히 듣고 있는 안나에 비해 나대용은 맞은편 옆쪽에 앉아 연신 추임새를 넣고 있다. 적절하지 않은 추임새들이다. 이 과장은 뭐가 만족스러운지 나대용을 보며 간간이 고개를 끄덕인다. 그 모습에 고무된 나대용은 더 적절하지 않은 말들로 본인의 존재감을 드러낸다. 둘이 참잘 어울린다 싶다. 안나는 신경 쓰지 않기 위해 커피를 홀짝거렸다. 쓰다. 설탕 하나 넣지 않은 원두 그대로의 맛이다. 인상을 찌푸리면서도 달리 할 게 없어 계속 마셔댔다.

애기를 듣는 척하며 사람들을 둘러봤다. 이 과장 앞에는 본인이 지난 주말에 나눠준 프린트와 빈 메모지뿐이다. 언뜻 봐도 읽어본 흔적조차 보이지 않는다. 아이디어 발표는 하지 않아도 설마하니 내용 파악도 안 했을 리는 없겠다 싶어 다른 사람을 둘러본다. 조 대리는 준비해온 듯한 인쇄 서류를 앞에 두고 있다. 양이 많지는 않아 보인다. 언제나 말만 많은 편이라 이번에도 별다른 자료 없이 설명에 주의를 기울이게 할 생각인 듯싶다. 그 앞에는 귀여운 토끼 모양의 USB만 올려놓고 있는 박 주임이 회의에 별 관심 없다는 표정으로 앉아있다. 토끼 모양이 귀엽긴 하지만, 그걸 사용하기 위해서는 뚜껑인 머리와 본체인 몸을 분리해야 한다. 은근히 잔인한 상품이다. 마침 박 주임이 지루하다는 듯 USB를 만지작거리며 머리와 몸통을 분리하는 행동을 의미 없이 반복하고 있다.

안나의 시선이 평범하게 앉아있는 다른 사원들을 지나 나대용에게 머무른다. 그는 연신 고개를 끄덕이며 과도한 리액션을 하고 있다. 테이블 위에는 꽤 두꺼운 서류 뭉치가 있다. 사람들에게 나눠줄 자료인 듯하다. 자세히 보니 스테이플러도 아닌 스프링 분철을 이용했다. 시간적 여유가 있었더라면 양장본으로 만들었을지도 모른다는 생각이 들었다.

"준비는 다들 해왔나?"

지루한 이야기를 마치고 이 과장이 기지개를 켜며 말한다. 얘기를 주고받던 회의실이 순간 조용해졌다. 먼저 말을 꺼내는 사람이 발표라도 하게 되는 것처럼 모두가 말없이 테이블만 바라보고 있다.

"그럼요. 열심히 준비했습니다."

예상했던 사람이다. 사람들은 여전히 반응이 없다.

"그럼 뭐 앞쪽부터 얘기 한번 해보지."

화면이 있는 쪽을 앞쪽이라고 한다면 안나는 맨 뒤쪽이다. 회심의 미소를 슬쩍 짓는다.

이 과장을 제외한 사람들이 각자의 의견을 말하는 사이 30여 분이 흘렀다. 서로 격렬하게 의견을 내세울 거라는 생각과 달리, 추구하는 콘셉트와 전략, 대략적인 광고의 내용에 관한 것들만 짧게 얘기가 오갔다. 이렇다 할 특별한 의견도 나오지 않았는데 이 와중에도 나대용은 다른 사람의 의견에 긍정의 미소를 짓는 것을 잊지 않았다. 원래 회의란 것이 이렇게 부드러운 분위기인가 싶은 안나가 고개를 갸웃거리며 조금 남은 커피를 마셨다.

나대용은 빈 수레가 요란하다는 속담이 어울렸다. 나눠준 자료는 많았지만 대부분이 인터넷에 나와 있는 것들이었고 그나마도 다들 알고 있는 내용이었다.

"엔진 오일이 순환하는 경로는 3페이지의 그림과 같습니다. 그렇다면 엔진 오일의 역할은 무엇이냐, 그것은…"

"그건 됐고, 마케팅 전략이나 광고 내용 콘셉트 준비한 거 해봐요."

보다 못한 이 과장이 자르며 말했다. 나대용의 얼굴에 순간 당황스러움이 스쳤지만, 이내 미소를 띠며 다시 설명하기 시작했다. 나눠준 자료에서 나대용의 의견은 기껏해야 한두 장 분량이었다. 그조차도 남자들을 공략하기 위해 실제 레이싱걸을 광고에 등장시켜야만 한다는 등의 내용이다. 자료 맨 뒤에는 직접 만들어봤다고 하는 지면광고가 컬러로 인쇄되어 있다. 안에는 아찔한 옷을 입은 레이싱걸이 제품을 들고 있는 모습을 어설프게 컴퓨터로 합성한 사진이 있었는데, 제품 옆에는 '오빠는 이걸로 해요'라는 글씨가 쓰여 있다. 나대용은 실제로 자신이 좋아하는 레이싱모델이라며 얼굴에 홍조까지 띠고 부끄러운 듯 얘기했다. 안나는 하고 싶은 말이 목젖까지 올라왔지만 심호흡을 하고 진정시켰다. 당연히 그럴 일은 없겠지만, 저 광고가 나간다면 우스운 패러디가 수없이 생기겠다는 생각이 스쳤다. 다른 사람들도 말이 없다. 착하지만은 않은 사람들인데 도통 말없이 듣고만 있다. 어이가 없어서 그럴 수도 있겠다 싶어 다시 자료를 보는 척했다. 자기 딴에는 열렬한 반응을 기대했는지 말을 마치는 나대용의 표정이 밝지 않다.

이제 안나 차례다. 회의실 들어오기 직전까지 긴장했지만 지금은 준비해온 것들을 무덤덤하게 말하면 되겠다 싶은 마음에 편안해졌다. 주위를 가볍게 둘러본 후 입을 열었다.

"좀 전에 박 주임님이 말한 것처럼 저도 평소에 차에 대해서 관심이 없었습니다. 운전면허도 없었거든요. 그런데―"

"나이가 몇 살인데 아직 운전면허증도 없니?"

나대용이 말을 자르며 반문했다. 안나가 본인도 모르게 표정을 찡그렸지만 가볍게 받아치며 이어갔다.

"네. 그래서 면허도 없는 제가 엔진 오일은커녕 차에 대해서도 모르는데 뭘 할 수 있을까 걱정했죠. 처음엔 그게 답답했는데 저 혼자만 그렇진 않더라고요. 여자들이 특히 그랬지만, 남자들도 의외로 그런 비중이 많았어요."

"그걸―"

"그걸 어떻게 알았냐면 친구가 리서치 회사에 다니거든요. 이번 회의에 도움이 될 만한 통계자료를 부탁했어요. 자료는 필요한 부분만 정리해서 드리겠습니다."

안나가 재빠르게 나대용의 말을 잘랐다. 지연이가 어떤 자료들을 보낼지 모르는 상태였지만, 이렇게 말해두는 게 나대용의 입을 닫아버리는 데 효과적이겠다 싶었다.

"그리고 굳이 따지자면 엔진 오일은 기호품이 아니라 필수품이니까요. '어차피 갈아야 할 엔진 오일이라면 난 이걸 써야겠다'는 인식을 하게끔 하려고 해요. 무엇보다 우리나라에서는 생소한 브랜드라서 제품 성능을 알리는 것보다는 제품에 대한 이미지를 각인시키는 게 더 좋을 듯싶어요. 업체에서도 이번 광고로 단번에 매출 1위를 노린다거나 하는 것도 아닐 것 같고…. 해외에선 1등이어도 우리나라에서는 후발주자니까요. 광고 자체를 이용해서 주목시키는 게 우리로서는 1차 목표라고 생각합니다."

어째 분위기가 조용하다. 박 주임이 고개를 살짝 끄덕거리며 생각하는 모습을 보니 살짝 안도감이 생긴다.

"그럼 뭐 어떻게 하자는 거야."

까칠한 이 과장이다. 이 순간에 말이라도 해준 게 안나는 그저 고맙다.

"아, 네. 일단 타깃은, 차는 소유하고 있지만 엔진 오일에 관한 정보력이 미흡한 20~30대 남녀로 정했습니다. 이들은 특정 제품을 사용하고 있다고 해도 충성도가 높지 않아서 마음을 돌리기 쉬울 것 같아서요."

나대용의 입이 계속 움찔거린다. 뭔가 말하려는 듯 보였지만 안나는 틈을 주지 않기 위해 쉬지 않고 얘기했다.

"전략은… 크게 두 가지를 생각했습니다. 광고는 제가 생각한 콘셉트의 특성상 연예인이나 전문 모델이 어울리는데…. 여기서 지출이 많이 발생하기 때문에 인쇄 광고는 하되 영상 광고는 TV는 자제하고 홈페이지를 만들어서 인터넷 위주로 알리는 건 어떨까 합니다."

이 과장이 고개를 갸우뚱거린다. 이를 본 나대용이 잽싸게 이 과장을 보며 말했다.

"쫌… 그렇지 않아요?"

뭐가, 대체 뭐가 그렇지 않다는 건데! 나대용은 안나의 의견에 진짜 이의가 있는 게 아니라 이 과장의 눈에 들고 싶어 무작정 그의 눈치를 살피는 것이 분명했다. 안나는 마음을 가라앉히기 위해 나대용을 쥐어박는 상상을 했다. 그러자 기분이 한결 누그러졌다. 이 과장이 고갯짓을 하며 계속해보라는 신호를 보냈다. 다시 심호흡을 하고 말을 이어갔다.

"그리고 정비소를 공략하는 게 중요합니다. 우리나라 사람들은 엔진 오일을 스스로 교환할 수 있는 사람이 드물어서 대부분 정비소에 맡기거든요. 90% 이상이 그곳에서 추천하는 제품으로요. 하지만 막상 정비소는 본인들에게 이윤이 많이 남는 걸 추천해준대요. 그런 정비소에서 이 제품을 추천하게 하는 게 관건이긴 한데,

그 방법은… 아무리 생각해도 답이 안 나와요. 자기들한테도 뭔가 떨어지는 게 있어야 추천을 해줄 텐데…."

안나가 힘없는 목소리로 말했다. 생각했던 광고 시안까지 말할까 했지만, 콘셉트에 맞는 대략적인 분위기만 생각했던 터라 괜히 말 해서 나대용이 지적할 구실을 만들고 싶지 않다는 생각에 가만히 있었다.

마지막으로 맞은편에 앉은 동기 나현이가 발표를 했다. 평범하고 건조한 이야기들이었다. 자동차 동호회를 통한 홍보에 주력하자는 이야기가 잠깐 귀에 들어왔지만, 그 외에는 관심이 가질 않았다. 나 현의 이야기가 끝나자 박 주임이 '별로네'라는 표현을 했다. 문제 만 드는 걸 싫어해 뭐든 그러려니 하고 넘어가는 박 주임이 나현에게는 유난히 싫은 내색을 한다. 분명 인턴 초기 때의 일 때문일 것이다.

박 주임이 나현에게 복사 일을 처음 시켰을 때 저렇게 크고 복잡 한 기계는 처음이라며, 버튼도 너무 많아서 못 하겠다고 한 것이다. 박 주임은 버튼에 한글로 다 쓰여 있는데 못 하는 이유가 뭐냐며 직 접 기본 기능을 알려줬다. 이제 알겠느냐는 박 주임의 말에 "아뇨, 모르겠는데요."라고 말했을 때까지만 해도 박 주임은 약간 짜증스 러워 보이지만 괜찮은 것 같았다. 하지만 반복된 설명에도 이해를 못 하는 이유를 묻자 "제가 이해할 수 있도록 설명을 해주시는 것 같지 않아요."라는 말로 박 주임의 눈썹을 치켜 올라가게 만들었다. 동안이었던 박 주임의 얼굴에서 처음으로 주름살을 본 순간이었다. 지금에야 악의가 없다는 걸 알고 있지만 당시에는 안나도 나현이가 강적이라고 생각했다.

모두의 발표가 끝났다. 이 과장이 특유의 어두운 표정을 지었다. 마음에 드는 의견이 없는 듯했다. 나대용은 계속해서 엔진 오일의 효율성을 들먹거렸다. 이 제품의 우수성을 광고에 넣어야 한다는 것이다. 웬만하면 나대용과는 의견 대립을 피하고 싶어 가만히 듣고만 있던 안나가 큰마음을 먹고 반대 의견을 표시했다. 효율성으로만 따지면 사실상 이 제품이 최고가 아닐지도 모를뿐더러 엔진 오일 자체의 성능을 광고하는 것은 남 좋은 일만 시키는 꼴이 될 거라며 브랜드 인지 위주의 방안을 조심스럽게 얘기한 것이다.

"그래도 엔진 오일 제품인데, 제품을 모르는 사람들에게 어떤 제품인지 설명을 해야 하지 않겠니?"

"광고에 정보들을 고리타분하게 대놓고 표시하면 누가 주목이나 하겠어요? 광고는 제품의 싸움이 아니라 인식의 싸움이에요. 브랜드를 각인시키는 게 1차 목표에요. 광고 보고 관심 생기면 써 보는 사람들 생길 거고, 써 본 사람들이 제품이 좋다고 하면 알아서 입소문으로 퍼지겠죠."

눈 감고 들으면 회의실에는 단둘만 있는 것 같다. 두 명이 주거니 받거니 언쟁을 벌이는 동안 사람들은 듣고만 있다. 조 대리는 대화가 구경거리라도 되는 듯 고개를 왔다 갔다 돌리며 지켜만 보고 있고, 박 주임은 분명 듣고는 있지만 테이블만 보며 반응을 보이지 않는다. 역시나 가만히 팔짱을 낀 채 대화를 듣기만 하던 이 과장이 무언가를 생각하는 듯하더니 안나에게 말했다.

"제품 성능에 관한 걸 직접적으로 넣지 말자는 거는 알겠는데, 그럼 어떤 식으로 이 브랜드를 어필하지?"

"제 말이요. 다른 방법은 생각하고 말하는 거니?"

본인 편을 든다고 생각한 나대용이 이 과장의 말을 듣고 반색하며 공격적으로 말했다.

"제품이 가진 특성을 우회적으로 표현하자는 건데요, 꼭 이렇게 하자는 건 아닌데 굳이 표현을 하자면….."

안나는 집에서 생각했던 광고 시안을 파일에서 주섬주섬 꺼냈다. 오늘은 보여줄 생각이 없었다. 아니, 아예 안 보여줘도 상관없었다. 휴학할 때 공모전 준비를 하며 이것저것 끄적거렸던 것 중에 하나를 살짝 바꾼 것뿐이라 자신 있게 생각하진 않았다. 걱정이 돼서 그런지 멀쩡한 종이도 구겨진 것처럼 보였고 그림 실력은 더 형편없는 것 같았다. 최종본이 맞는지 다시 한 번 확인한 후 이 과장에게 종이를 건넸다.

"보여드리게 될 줄 모르고 대충 끄적거린 거예요. 느낌만 보세요."

안나가 변명처럼 들리는 말을 하며 다시 자리에 앉았다. 종이를 받아든 이 과장은 특유의 인상을 쓰며 자세히 살펴봤고 그런 이 과장의 표정을 본 안나는 작은 한숨을 내쉬었다. 사람들이 다른 얘기라도 하고 있으면 좋으련만. 여전히 회의실은 조용했다. 이 과장이 읽을 수 없는 묘한 표정을 짓는다. 고작 1분도 채 지나지 않았는데 하루가 다 지난 기분이다. 시곗바늘 소리까지 들리는 것 같았다.

"배고파요."

힘없는 목소리의 주인공은 나현이다. 뜬금없었지만 아닌 게 아니라 벌써 12시가 넘어가고 있었다. 안나도 얘기를 듣고 나니 배가 고픈 듯했다.

"먹고 해요."

본인의 발표 때를 제외하고 박 주임이 처음 입을 열었다. 얘기 듣자마자 나현이가 서류를 주섬주섬 챙기며 일어선다. 제일 어린 나이임에도 분위기를 살피지 않는다. 눈치 보지 않는 모습이 대범하다 싶다. 안나의 시선은 여전히 이 과장에게 머물러 있다. 카피 몇 개 써놓은 그림 두 장인데 뭘 그리 생각하는 건지 궁금하다. 이내 박 주임도 USB를 챙겨 들고 일어난다.

"가시죠, 과장님."

조 대리가 눈치를 보며 말했다.

"어, 그래."

종이에서 시선을 뗐지만 여전히 무언가를 생각하는 듯한 얼굴을 하며 이 과장이 대답했다. 나대용은 고개를 쏙 빼고 종이를 응시했지만 보일 리는 없었다.

밥 먹는 동안에도 별말들이 없다. 평소에도 그랬다. 안나는 인턴 생활을 하면서 밥을 빨리 먹는 습관이 생겼다. 이 과장의 밥 먹는 속도가 빠르기 때문이다. 광고 1팀은 그 어떤 음식도 20분 이상 먹지 않는다. 기다려 주지도 않는다. 평소에는 행동이 느린 나현이마저 음식은 빨리 먹는다.

밥을 빨리 먹으면 개인 시간이 많아진다는 나름의 장점은 있다. 안나는 회사에 있는 이런저런 책을 뒤적거린다. 비싸서 엄두도 못 냈던 광고 책들이 회사에는 제법 많이 있기 때문이다. 마음에 드는 자료는 점심시간 후 사람들이 업무에 집중하고 있을 때 복사해둔다. 컬러 복사를 할 때면 괜히 주위를 한 번 더 둘러보게 된다.

하지만 오늘은 분위기상 사람들과 같이 있어야 할 듯싶다. 이럴 땐 개인주의적이지만 군더더기 없는 회사 생활을 하는 박 주임 곁에 있는 게 좋다. 은근슬쩍 박 주임의 옆으로 가려는데 나현이가 다가온다.

"언니, 어디 가요?"

평소엔 자리에 앉아 인터넷 쇼핑만 하더니 오늘따라 안나를 따라온다.

"응? 가긴 어딜 가."

"그럼 아이스크림 먹어요."

나현이가 약간 높아진 톤으로 말하며 편의점 쪽을 향해 걸었다. 오늘따라 유난히 나현이가 걱정 없이 살고 있다는 생각이 든다.

"난 월드콘~"

조 대리가 던지듯 말하며 회사로 들어간다. 2주 동안 한 번도 조 대리 지갑을 본 일이 없다. 사주지는 못할망정, 게다가 인턴에게 얻어먹으려 하는 게 짜증스러워 저절로 인상이 찌푸려졌다. 조 대리의 별명을 중얼거리며 편의점 안으로 들어섰는데 박 주임이 그런 안나의 뒤를 따라 들어오더니 월드콘 하나를 집어 들고 계산대로 간다.

"빨리 골라."

기다리던 박 주임이 뒤를 돌아보며 말했다.

"네?"

"잘 먹겠습니다~"

멀뚱히 서 있는 안나와 달리 나현이가 월드콘을 냅다 고르며 인사한다. 안나는 가격이 저렴한 막대 아이스크림을 먹어야 할지 잠시 고민하다 그냥 월드콘을 집었다.

"3개요."

박 주임이 나현이를 흘기듯 보더니 아르바이트생에게 카드를 건넨다. 삼각김밥을 우적우적 먹던 아르바이트생이 자리에서 일어나더니 바코드를 찍고 계산을 한다. 음식물을 입에 가득 넣어서 그런지 말을 하지 못하고 손으로 카드 서명을 가리킨다. 카드와 영수증을 받아든 박 주임이 못마땅한 표정을 짓더니 카운터에 놓인 휴지한 장을 챙겨 카드를 닦는다. 아르바이트생 손에 있던 음식 기름기가 카드에 묻은 것 같았다.

"잘 먹겠습니다."

안나가 그제야 인사를 하며 아이스크림의 포장을 벗겼다. 박 주임도 고개를 끄덕거리며 포장을 벗기더니 기름기를 닦아낸 휴지와 함께 휴지통에 넣는다.

"맞다. 조 대리님 거 어떡하죠?"

안나가 편의점 문을 나오다 말고 멈칫하고 물었다. 박 주임이 손가락으로 그냥 가자는 표시를 하더니 아이스크림을 베어 물고 말없이 걸어간다. 안나도 그 뒤를 졸졸 따라갔다.

단순히 아이스크림을 같이 먹는 것뿐이었지만, 박 주임과의 개인적인 시간을 공유하는 게 신기했다. 어색한 기운 속에 옥상에서 아이스크림을 먹다가 박 주임이 입을 열었다.

"업계 사람들 모두 재희 광고 회사가 1등을 할 거라고 예상하고 있어. 내부 리서치 담당 부서도 두 개인가 있을걸. 우리 정보량으로는 절대로 이길 수 없지. 이번 건으로 특별 전략팀도 만들었다고 하더라고. 우리 대표님이 거기서 일하셨던 분이야. 본의 아니게 광고주 몇 개가 우리 쪽으로 왔어. 게다가 이번 프레젠테이션에 5팀만 참여할 줄 알았는데 우리가 끼인 거지. 그쪽은 돈도 돈이지만 자존심 때문에라도 이겨야만 하는 상황인 거야. 국내외에서 이번 건을 많이 주목하고 있으니까. 우리는 특별히 아쉬울 게 없는 입장이야. 이목만 끌어도 선방하는 거지. 꼭 이길 거라는 생각으로 악착같이 하지 말고 배운다는 생각으로 해봐. 어쨌든 인턴으로서는 여러모로 좋은 기회니까."

무심한 듯 건네는 박 주임의 말이 오히려 안나에게는 갈피를 잡아주는 듯했다. 먹이를 주는 자에게 마음을 여는 안나의 성격상 박 주임이 더 좋아지기도 했다.

오후 늦게까지 회의는 이어졌다. 가끔 적막이 흐를 때면 분위기를 깰 수 있는 사람이 본인밖에 없다는 걸 안다는 듯 이 과장이 안건을 정리하며 얘기하기 시작했다. 결론에 도달하진 못했지만 구매자의 인식에 제품을 새기는 것도 중요하되, 정비소를 공략하는 방안이 옳다는 쪽으로 이야기가 모인 채 회의는 마무리됐다.

* * *

발표 준비는 2주 내내 계속됐다. 나름대로 회사의 큰 프로젝트인지라 1팀 전원이 모두 매달렸다. 준비 초기에는 도로 위의 차만 보면 어떤 엔진 오일을 쓰는지 물어보고 차 주인을 붙들고 이것저것 물어보고 싶었는데, 이제는 차 엔진 소리만 들려도 토할 것 같다.

안나의 아이디어가 채택되어 관련 방향으로 가닥을 잡고 시작했고, 광고 시안도 안나의 초안을 토대로 만들고 있는 터라 모든 짐을 지고 있는 듯했다. 아닌 게 아니라, 지연이 회사를 통한 정식 리서치 자료부터 경합용 파워포인트 작성까지 모두 안나에게 맡겨졌다. 잠도 제대로 못 자고 드디어 완성해서 기뻐한 것도 잠시, 이 과장이 자료 수정을 요청했다. 최종 보고를 드리는 과정에서 대표님의 지적이 있었던 것이다.

발표 전날 리허설을 수십 번 해도 모자를 판에 내용 수정이라니….

온몸의 힘이 빠졌지만 대표님의 수정 지시 사항이라 꼭 해야만 했다. 보고를 늦게 드린 이 과장을 탓하며 체크된 수정사항을 확인하기 위해 결재 파일을 보던 안나는 자기 눈을 의심했다. 해당 프로젝트에 대한 아이디어, 기획, 문서 작성, 총괄책임자가 모두 이 과장으로 되어있었다. 총괄책임이야 이번 프로젝트를 이끌고 있으니 맞는다지만, 주된 아이디어 제공은 물론 기획 및 문서 작성까지 안나가 한 것이 아닌가? 잘못 본 건가 싶어 다시금 봐도 마찬가지였다. 깜짝 놀라 고개를 든 안나가 이 과장과 눈을 마주쳤지만, 이 과장은 뭐가 문제냐는 표정으로 수정하라는 제스처만 취했다.

악몽 같았던 대학교 조별 과제도 이번 일에 비하면 새 발의 피였다. 차라리 공동 작성이라고 쓰어 있었다면 덜 억울했을 텐데, 하고 생각하던 찰나 그 생각조차 후회하는 일이 벌어졌다. 인턴 동기인 나현이 수정 방향에 필요한 자료를 모두 삭제한 것이다. USB의 저장 공간을 확보하기 위해 '잠깐' 삭제한 것뿐이라며, 휴지통에 들어가 복구하면 된다고 천연덕스럽게 대꾸했다. 안나는 연이은 충격에 머리가 멍해졌다. 참다못한 박 주임이 USB에서 삭제된 자료는 하드 디스크의 휴지통으로 가지 않고 곧바로 지워진다며, 같은 내용으로 입사 초반에 이미 여러 번 지적했다는 것을 상기시키며 격양되기 시작했고, 나현이는 천연덕스럽게 복구 작업을 맡기면 되지 않느냐고 반문했다. USB 자체를 업체에 맡겨 복구를 요청하더라도 비용이 발생할뿐더러 당장 내일이 발표 날인데 지금 필요한 자료를 언제 복구하고 있냐며 마침내 안나가 소리를 쳤다. 입사 한 달 반 동안 싫은 소리 한 번 한 적 없는 안나의 행동에 격양되었던 박 주임까지 놀라는 기색이었다. 나현이는 늘 그랬듯이 당황하거나 미안한 기색 하나 없이 그럼 다시 모두 함께 자료를 찾아보자며 안나를 바라봤다.

'모.두.가. 모두가 자료를 찾아보자고? 팀원들은 자료를 읽어보기나 했을까?' 애초에 안나가 찾았던 자료였고, 결국 다시 기억을 더듬어 자료를 찾아야 하는 건 본인임을 자각하는 순간 다리에 힘이 풀렸다. 더 이상 화를 낼 힘도 없었다.

물끄러미 안나를 바라보면 박 주임이 따뜻한 캔 커피를 뽑아 안나의 손에 쥐여주며 옥상으로 데리고 갔다. 한동안 가만히 있던 박 주임이 헛기침을 하더니 말을 했다.

"일단 나현이는 네가 신경 쓸 것도 없고(이 말을 듣는 순간 본인보다 나현이에게 짜증 나는 건 주임님일 거라는 당연한 생각이 들어서 본인도 모르게 고개를 끄덕였다), 자료 찾는 건 지금쯤 다들 열심히 찾고 있을 거야. 그리고…"

약간의 뜸을 들이는 박 주임 때문에 안나는 고개를 돌려 박 주임을 바라볼 수밖에 없었다.

"회사 생활을 하다 보면 아이디어 뺏기는 일은 의외로 많아. 열심히 일한 공로가 상사나 동료에게 돌아가는 경우는 꽤 흔한 일이지. 회사에 말해도 소용은 없어. 회사에서도 다 알고 있어. 본인들도 그렇게 승진했고 지금도 그러고 있으니까. '그깟 아이디어' 가지고 문제를 일으키면 본인만 안 좋아진다는 걸 깨닫게 되는 거야. 오죽하면 면접 때 흔한 질문 중에 하나가 '상사가 당신의 아이디어를 가로챘습니다. 어떻게 할 것입니까?'이겠어. 모범답안이야 뻔하지. 처음엔 다들 분노하지만 나름의 방법들을 찾아. 정말 좋은 아이디어는 보고서에 적지 않고, 회의시간에 다 같이 있는 곳에서 방금 생각난 척 말하기도 하지."

생각해보니 상사께 보고서를 드리며 후배의 아이디어라고 하는 기분은 마냥 즐겁진 않을 것 같다. 게다가 회사의 큰 프로젝트 건인데 인턴이 했다고 하면 더더욱. 머리로는 이해가 가지만 그래도 씁쓸했다.

"이게 직장 생활이야. 적응해야 해. 무조건 고개 숙이라는 게 아니라, 너도 너만의 보호막을 만들라는 거야. 물론 그게 눈에 보여서는 안 되지. 어렵지? 직장 생활. 그리고…"

박 주임은 다시금 뜸을 들였다.

"과장님 본인이 했다고 보고를 드렸어도, 대표님은 다 알고 계실 거야. 나중엔 결과에 상관없이 포상을 하실 거고. 재희 광고 회사에서 겪었던 그런 일들이 싫어서 나오셨으니까. 알아주는 사람이 있다는 것만으로도 회사 생활은 꽤 할 만해."

아직까지는 한 번도 뵌 적 없는 대표님에 대해서 생각하던 중 이 과장이 왔다. 계속 내려오지 않는 안나를 달래러 온 듯했으나 역효과였다. 얼굴을 보는 것만으로도 표정이 굳어지는데, 하는 말도 설상가상이었다. 나현이가 일부러 그랬던 것도 아니니 이해를 하라는 게 요지였다. 같은 인턴 동기인데 서로를 지적하거나 혼내는 일은 적절하지 않으며, 더욱이 한 살 언니인데 다독이고 감싸주지는 못할망정 소리를 지른 것을 나무라기까지 했다.

아니 지금 이 사람이 무슨 말을 하는 건가. 그럼 동기간에 일어난 일들은 무조건 참아야 하나? 어리다는 게 벼슬도 아니고 왜 이해를 해야 한다는 걸까? 언니라고는 하지만 안나는 12월 말, 나현이는 다음 해 3월 1일생이라 60일도 채 차이가 나지 않았다. 하물며 안나가 나현이의 상사도 아닌데, 나현이의 실수로 인한 책임감까지 짊어지고 다독여야 하는 건 아니었다. 속이 좁아 보일지언정 분명 안나 자신의 기분을 우선시할 권리가 있었다.

정말이지 좋아하려야 좋아할 수 없는 이 과장이구나 싶었다. 안나의 표정을 본 박 주임은 화제를 전환하며 안나를 사무실로 다시 데리고 갔다. 프레젠테이션 전날에도 어김없이 기나긴 야근이 기다리고 있었다.

5

대학교 와서 처음 맞이하는 겨울방학이었던 12월의 어느 날은 4년이 지난 지금도 안나에게 특별하게 남아있다. 그날은 아침부터 이상했다. 휴대전화 알람이 아닌 고양이 울음소리에 잠이 깼다. 흡사 사람의 아이 같았던 그 울음소리는 점점 더 가까워지는 듯했다. 옷을 걸치고 창문을 열어보니 눈이 내리고 있었다. 이미 눈은 소복이 쌓여 있었는데 그 어디에도 고양이의 흔적은 없었다. 혹시나 해서 나무 위를 쳐다봤지만 앙상한 나뭇가지들뿐이었다. 고양이 소리도 더 이상 들리지 않았다. 추운 기운에 몸을 한 번 부르르 떨고 창문을 닫았다.

시계를 보니 알람이 울리기 30분 전이다. 예전의 기억을 더듬어보건대 눈 오는 날은 20분 정도 일찍 나가야 약속시간에 맞출 수 있다. 다행히 일찍 일어났다는 생각을 하며 뒤늦게 기지개를 켜고 부엌으로 향했다. 먹을 만한 게 눈에 띄지 않는다. 식탁 위에는 어젯밤 누군가 먹다 남긴 듯한 비스킷만이 남아있다. 대충 물을 반 컵 마시고 터덜터덜 화장실로 향했다.

오래된 집이라 그런지 화장실이 집 안에 있는데도 입김이 나온다. 냉수를 틀자 말 그대로 얼음처럼 차가운 물이 쏟아진다. 이 물로 세수를 하면 잠이 안 깰 수가 없다. 손에 물을 받아 얼굴을 씻는다. 자연스럽게 손이 비누를 향하다 멈칫한다. 아침에는 물로만 세안하는 게 피부에 좋다는 인터넷 기사가 생각난 것이다. 머뭇거리다가 이내 비누를 집고 풍부한 거품을 만들어 세안한다. 기사에서 뭐라고 했건 세안할 때 뽀드득거리지 않으면 영 만족스럽지 않다. 연거푸 찬물로 씻어내고 그대로 화장실을 나온다. 손가락 마디를 이용해 얼굴을 톡톡 때리며 물을 흡수시켰다. 수건으로 물기를 닦지 말라는 기사는 아무래도 신경이 쓰인다. 물기가 마르기 전 스킨로션을 바르기 위해 빠른 걸음으로 화장대로 갔다.

어영부영 스킨과 로션을 바르고 거울을 봤다. 맨얼굴인 자신의 모습을 발견하곤 습관처럼 화장을 하기 시작했다. 대학교에 들어와서야 화장을 배웠는데 그 이후로는 맨얼굴이 영 신경 쓰인다. 그냥 외출하려니 얼굴이 뭔가 심심해 보였다. 눈이 원래 이렇게 작았나 싶기도 하고 얼굴빛은 칙칙해 보였다. 분명 고등학교 때와 별다를

게 없는 얼굴인데 그때는 화장 없이 어떻게 살았을까 싶다.

생각 없이 치덕치덕 화장을 하던 안나가 색조 화장을 남겨두고 옷을 고르기 시작한다. 옷에 맞춘 화장을 하고 싶어서다. 예뻐서 자꾸만 눈길이 가는 옷이 있지만, 어제 입었기 때문에 입을 수가 없다. 옷장을 뒤적거리다가 결국 얼마 전 새로 산 니트를 꺼냈다. 아껴뒀다가 이달 말인 생일에 입으려고 했지만 그나마 눈에 띄는 옷이 이것밖에 없다. 니트에 맞는 청바지를 꺼내고 구두를 신기 위해 스타킹을 찾았다. 눈 오는 날 구두를 신으면 걷는 게 불편하지만, 옷맵시가 나고 키가 커 보인다. 어쩔 수 없는 선택임을 상기시키며 옷을 주워 입었지만, 키가 커 보이고 옷이 맵시가 나면 뭐가 좋길래 이러고 있나 싶은 생각이 들었다.

가방에 필요한 물건을 챙기고 나가기 전 다시 부엌에 들렀다. 배가 고파서 아무거라도 먹어야겠다 싶다. 식탁 위에 있던 비스킷의 반을 쪼개 입안에 넣는다. 뻑뻑해진다. 입안이 껄끄러워 2개만 집어 먹고 말았다.

안나가 신발장에 다다른 후 조용히 전신 거울 앞에 선다. 괜스레 한숨이 흘러나왔다. 물 없이 먹는 비스킷처럼 하루하루도 건조하다. 언제나처럼 쓸데없는 생각들이 머릿속에 가득하다.

왜 습관처럼 화장을 할까? 어제 입은 옷을 오늘 또 입는 게 왜 이

상한 일일까? 누구를 위해 화장을 하고 옷을 차려입을까? 화장한
얼굴이, 정말 내 얼굴일까?

　하이힐에 발을 구겨 넣는 순간까지 질문이 끊이질 않는다.

　내 삶에서, 내가 주인공이긴 한 걸까? 문을 열고 나가는 순간 다
시 건조한 하루가 시작됨을 느꼈다.

* * *

　아침의 기분이 그대로 저녁까지 지속됐다. 오랜만에 보는 친구들
이 반가웠고 생일을 미리 축하해 주기 위해 모인 것도 고마웠지만
뭘 해도 무미건조하고 우울했던 날이었다. 유난히 생각도 많았다.
오늘이 지나면 괜찮아질까 하는 마음에 어서 집으로 들어가 내일을
맞이하고 싶었다. 친구들에게 받은 선물과 케이크를 양손에 들고
집으로 가기 위해 지하철역으로 갔다. 퇴근 시간도 지났겠다, 사람
들이 많지 않길 기대하며 열차를 기다렸다. 다행히 열차는 비교적
한산했다. 지친 몸을 이끌고 제일 끝자리의 비어있는 곳을 찾아 앉
았다.

　열차가 정거장을 지나치며 사람들이 타고 내리길 몇 번 반복했을
때 어디선가 담배 냄새가 났다. 설마 했지만 다시 맡아봐도 담배 냄

새가 분명했다. 고개를 들고 두리번거리던 안나가 노약자석에 앉아 담배를 피우고 있는 누군가를 발견했다. 때가 탄 듯한 짙은 녹색의 바지와 검은색 얇은 점퍼를 입고 있는 할아버지였다. 점퍼에 달린 모자를 쓴 채 담배를 피우며 울고 있는 그는 어딘가 슬퍼 보였다.

이럴 때 선뜻 나서서 제지하는 성격이 아니었기 때문에 할아버지가 당당한 표정이었더라도 별다른 행동을 하지 않았을 테지만, 지금의 표정은 오히려 담뱃불을 붙여주고 싶을 만큼 안쓰러웠다. 흘러내리는 눈물을 대충 닦아내는 손은 많이 거칠어 보였고 연기를 내뿜고 있는 입은 힘이 없어 보였다. 비단 안나만의 생각은 아니었는지 실제로 고개를 돌려 사람들을 보니 모두 화났다기보다 측은하다는 표정들이었다.

그가 담배 한 개비를 다 펴갈 때쯤 안나는 내려야만 하는 상황이라 더 이상은 보지 못했다. 궁금했다. 칠순이 넘어 보이는 그에게 무슨 일이 있었던 걸까.

일정한 나이가 되면 고민에 대한 해답을 어느 정도 알게 되지 않을까 싶었다. 하지만 몇 살이 되더라도 또다시 끊임없는 고민으로 살아가야만 한다고 생각하니 왠지 이상하고 싫었다.

지하철에서의 잔상이 머릿속에 가득했다. 이런저런 생각을 하며 골목길을 걸었다. 그리 늦은 시간은 아니지만 오늘따라 사람들의 발길이 뜸하다. 기분 탓인지 더 어두워 보이기도 했다. 양손에 짐도 있고 길도 미끄러워 빨리 걸을 수도 없다. 미끄러지지 않게 조심하며 종종걸음으로 집으로 향했다.

"그르릉…."

어디선가 야생 동물의 목소리가 들렸다. 흠칫 놀란 안나의 머릿속에 범상치 않았던 오늘 하루의 일들이 겹쳐졌다. 불안해진 안나는 황급히 뒤를 돌아봤다. 하지만 아무것도 없었다. 영화를 많이 봐서인지 이럴 때 다시 앞을 보면 무언가 있을 것만 같아 고개를 쉽사리 돌리지도 못했다. 큰맘을 먹고 다시 재빨리 앞을 봤지만 다행히 아무것도 없었다. 잠시 숨을 고르고 다시 집으로 향했다.

그때였다. 안나의 얼굴을 무언가가 덮쳤다. 무슨 일인지 알고 싶었지만 앞을 볼 수가 없었다. 정말 순식간이었다. 간이 콩알만 해진 때에 벌어진 일이라 안나는 더욱 미칠 것만 같았다. 이럴 때는 소리를 질러야겠다고 다짐했었지만 실제로 처해보니 입 밖으로 아무 소리도 나오질 않았다. 일단 양손의 짐을 팽개치고 팔을 뻗어 휘저었다.

얼굴에 있던 무언가가 아래로 쑥 내려갔다.

"냐…."

냐…? 아래를 보니 검은색 고양이가 니트에 매달려 있었다. 떨어지면서 발톱이 니트에 걸린 듯하다. 고양이가 당황스러운 표정을 짓더니 안나와 눈이 마주치자 격렬하게 발버둥을 치기 시작했다. 하지만 그럴수록 빠져나오기는커녕 니트의 실만 더 늘어나게 할 뿐이었다. 고양이가 몇 번 더 시도를 하더니 안나를 올려다보고 힘없이 소리를 냈다.

"냐옹…."

어떻게 좀 해보라는 뜻 같았다. 안나가 멍한 모습으로 가만히 있자 아까보다 크게 소리를 낸다.

"냐옹…."

고양이는 '야옹'이 아닌 '냐옹'이라고 한다는 걸 깨달은 순간이다.

"가만 있어. 니트가 늘어지고 있잖아."

안나가 말하자 마치 고양이가 알아들은 것처럼 체념한 듯한 표정을 짓더니 조용해졌다. 보아하니 담에서 뛰어다가 발을 헛디디 안나의 얼굴로 떨어진 듯하다. 눈이 굳어 미끄러운 것도 한몫했을 것이다.

대롱대롱 매달려 있는 모양 그대로 한쪽 팔로 고양이를 감싸 안고 케이크와 선물을 한 손에 아슬아슬하게 집어 들고 집으로 향했다. 다행히도 대문이 열려있다. 거실이 환하게 켜져 있는 것을 확인하고 현관문을 발로 살살 찼다. 안에서 분명 인기척을 느꼈는데 순간 조용해졌다.

"나야. 문 열어~"

그제야 다시 인기척이 느껴진다. 누나인지를 확인하는 질문을 연거푸 한 후 남동생이 문을 열어준다. 꼼꼼한 자식.

"열쇠는 어디다 두고 뭐하는 짓−"

품에 안긴 고양이를 보더니 눈이 똥그래진다. 남동생을 보는 고양이의 눈도 못지않게 커졌다. 안나가 신발을 벗더니 짐을 대충 던져 놓고 들어갔다.

"그거−"

"문이나 잠가."

남동생이 무언가를 말하려고 했지만 피곤에 지친 안나가 일시에 차단하며 방으로 들어갔다.

방에서 고양이를 안은 채로 두리번거리며 가위를 찾았다. 눈썹을 다듬을 때 쓰는 조그만 가위로 하려고 했지만 보이지 않는다. 별거 아니다 싶은 것들도 정작 필요할 때 찾으면 없다. 서랍을 뒤적이다 손바닥보다 커다란 가위를 찾았다. 가위를 꺼내 엉킨 부분을 자르려고 하는 순간 고양이가 움찔했지만 이내 다시 가만히 있다. 훌륭한 솜씨는 아니었지만 니트의 망가짐을 최소화하면서 발톱을 무사히 빼낼 수 있었다. 안나가 고양이를 들어 창문 옆에 있는 책상 위에 잠시 올려놓고 옷을 갈아입었다. 그제야 새로 산 니트의 처참한 광경이 정면으로 보였다. 잘만 손질하면 티가 안 날 듯도 하다. 한숨이 작게 나왔다.

안나가 힘없이 느릿느릿 걷더니 창문을 활짝 열고 고양이에게 가 보라는 고갯짓을 했다. 고양이는 잠시 안나를 쳐다보더니 이내 자세를 고쳐 앉고 방을 천천히 둘러보기 시작했다. 창문을 너무 활짝 연 탓인지 방 안이 추워지고 있는데 고양이는 좀처럼 나갈 생각을 하지 않았다. 마치 세 놓은 집을 구경 온 사람처럼 구석구석을 살펴보고 있었다. 사람들이 사는 집을 처음 보는 것 같다.

그렇다고 들고양이라고 하기에는 어딘가 고풍스러웠다. 온몸을 덮고 있는 검은색 털도 꽤 윤기가 흘렀고 지저분해 보이지도 않았다. 마르지도 않고 뚱뚱하지도 않은 체형이었는데 크기가 제법 컸다면 고양이가 아니라 재규어라고 해도 믿을 만큼이었다. 무엇보다도, 그 유명한 '검은 고양이'였지만 어디선가 들었던 것처럼 불길한 징조의 흔적은 찾아볼 수 없었다.

시선을 느꼈는지 고양이도 안나를 쳐다봤다. 고양이와 이렇게 오랫동안 눈을 마주보고 있는 것은 처음이었다. 신기했다. 오드아이는 아니었지만 눈도 신비스러웠다. 서로 경계를 하며 째려본다기보다 그저 빤히 쳐다봤다.

그렇게 구경 아닌 구경을 하던 안나가 정신을 차렸다. 피로가 한

꺼번에 몰려오기 시작했다. 고양이가 나갈 수 있을 만큼 창문을 열어두고 옷을 챙겨 샤워를 하러 갔다. 이럴 땐 욕조에서 몸을 푸는 게 최고지만 오늘은 빨리 씻고 잠자리에 들고 싶었다. 화장을 대충 지우고 고양이 세수를 한 뒤 따듯한 물로 몸을 씻었다.

한결 홀가분해진 기분으로 방에 들어오니 고양이가 그대로 있다. 혀로 제 몸을 핥고 있던 고양이가 안나를 보더니 자리에서 일어났다.

"냐~"

인사하려고 기다렸다는 듯 안나를 보고 짧게 소리를 내더니 창문으로 유유히 걸어나간다. 미처 인사를 못 했다고 생각한 안나가 뒤늦게 창문을 열어보지만 매서운 바람만 불고 있을 뿐 고양이는 이미 가고 없었다. 이렇게 추운 겨울에, 어디서 지내는 걸까. 걱정됐다.

불을 끄고 자리에 누웠다. 눈을 감자마자 오늘 하루가 주마등처럼 스쳐 지나갔다. 정말 이상했던 하루였다.

* * *

"야옹~ 야옹~"

"언니."

나현이가 안나의 어깨를 흔든다.

"어?"

나현이가 안나의 휴대전화를 손가락으로 가리킨다. 정신을 차려 보니 조용한 복도에 고양이 소리의 휴대전화 알람이 울려 퍼지고 있었다. 액정에는 'D-day'라는 글자가 뜬다. 프레젠테이션 발표 날을 일정으로 저장해 알람 음을 설정했던 기억이 어렴풋이 떠오른다. 오늘이 정말 'D-day'다. 어느새 프레젠테이션 발표장에 와 있고 게다가 발표 시간이 2시간도 채 남지 않았다. 그런데 이런 때에 왜 고양이를 만난 날이 떠올랐을까?

"진짜 고양이 소리인 줄 알았어요. 놀래라…."

"진짜 고양이는 '냐옹'이라고 하지. '야옹'이 아니라…."

안나가 휴대전화를 진동 모드로 변환하며 중얼거렸다.

"네?"

"어, 아니야. 내가 오늘 정신이 없네."

"언니…."

나현이가 자신의 손가락을 만지작거리다가, 걱정스러운 눈으로 안나를 쳐다보더니 머뭇거리며 말했다.

"혹시… 어제 일 때문에 그러시는 거예요? 기분 푸세요…."

겨우 잊고 있던 어제의 기억이 떠올랐다. 기분을 풀라니. 이 아이는 미안하다거나 죄송하다는 말은 모르는 걸까? 어제 일어난 모든 일이 콕 집어 나현이 때문만은 아니었지만, 그래도 예의상으로라도 죄송하다는 말을 할 법도 한데 이 아이는 당최 그러는 법이 없다. '3개월 차이인 동생'에게 이 상황에서는 무슨 말을 해야 하나 싶다. 게다가 발표 날 왜 같이 오게 된 걸까. 박 주임님이 같이 왔다면 심적으로도 안정이 됐을 텐데. 안정은커녕 일일이 설명하며 챙겨줘야 하는 존재다. 곁에 있는 사람들은 미치고 환장할 노릇이겠지만, 저런 성격의 본인들은 참 편하겠다 싶다.

시댁에서 손에 물 한 방울 묻히기 싫어 하나부터 열까지 모르쇠로 일관한다는 며느리들의 이야기가 떠올랐다. 사회 어디에나 있는 그런 존재들. 현명한 방법은 아닌 듯했으나 나현이도 그게 목표였다면 반쯤 성공한 듯 보였다.

별다른 대화가 없어 어색함이 생길 때쯤 편의점에 갔다 온다던 이 과장과 나대용이 왔다. 둘 다 양손에 캔 커피를 들고 있다. 이 과장이 손에 들고 있던 커피 하나를 안나에게 건넸다. 이럴 땐 박 주임이 늘 따뜻한 커피를 건넸었는데. 별안간 박 주임이 더 보고 싶었다. 앞으로 따뜻한 캔 커피만 보면 박 주임이 생각날 것 같았다.

"긴장하지들 말라고. 가지고 있으면 괜찮아질 거야."

안나가 커피를 받아 들고 말없이 고개 인사만 하며 고마움을 표시했다. 커피는 정말 따뜻했다. 안나가 두 손으로 커피를 꼭 쥐었다. 마치 기도하는 모습 같다.

어제 일이 있고부터 이 과장과는 별다른 말을 하지 않았다. 아침에 회사에서 마지막으로 발표 리허설을 한 후 차를 타고 이곳으로 올 때도 적막 그 자체였다. 웬일로 나대용까지 조용했다. 안나는 이 과장이 말이 없는 것보다 나대용이 조용한 게 더 어색했다. 유난히 눈치 없는 나현이까지도 오늘따라 말이 없었다.

6

"많이 기다리셨죠? 위층 회의실에 자리 마련됐어요. 올라오세요."

위아래로 말끔한 검은색 정장을 차려입은 여자가 사무적인 어투로 말했다. 임시 대기실이 된 회의실에는 이미 한 팀이 도착해 있었다. 안면이 있었는지 이 과장이 가벼운 묵례로 알은체를 했다. 상대방도 가벼운 묵례로 답변했다.

대기실에는 '해리 포터' 시리즈에 나올 것 같은 긴 식탁 모양의 원형 테이블이 곧게 뻗어있었다. 안나네 팀은 먼저 온 팀에서 멀리 떨어져 앉았다. 그게 상호 간에 좋겠다 싶었다. 곧이어 다른 팀도 도착하기 시작했고 그들도 암묵적인 규칙처럼 일정의 간격을 유지하며 앉았다.

"회사 대표 한 분씩만 나와주세요. 순서는 제비뽑기로 하겠습니다"

조금 전 대기실로 안내를 해 줬던 여자가 아까보다 더 사무적인 어투로 말했다. 덕분에 분위기는 더 적막해졌다. 어제 배정받은 바로는 안나네는 A조다. 이제는 A조 사람들끼리 순서를 정해야 한다. 안나는 어느 쪽도 상관이 없었지만 1번만 아니기를 바랐다. 맨 처음 조의 첫 발표는 여러모로 불리하다. 세 명의 남녀가 조용히 일어나더니 앞쪽으로 나간다. 그중에는 이 과장도 보이는데, 손에 깍지를 끼고 괜한 손 운동을 연거푸 하고 있다.

검은색 정장을 입은 여자가 작은 상자 바구니를 내밀자 세 개의 손들이 느릿느릿 상자에서 번호를 뽑았다. 종이를 펴 보는 얼굴들에서 희비가 갈렸다. 이 과장이 종이를 활짝 펼쳐서 앞쪽에 보였다. 매직으로 '3'이라고 쓰여 있다. 첫 번째 조 세 번째다. 조원들의 입가에 미소가 번진다.

"10분 후에 A조 다 같이 들어갑니다. 준비하세요."

다시 접은 종이를 상자 속에 넣으며 여자가 말했다. 각 2명씩 3팀, 총 6명이 들어간다. 안나는 심호흡을 한 번 하고 A조 사람들을 조용히 훑어봤다. 다들 긴장한 모습이다. 표정만 봐도 누가 발표자인지 알 수 있다. 문득 고개를 돌려보니 이 과장도 못지않게 긴장한 모습이 역력하다. 그 모습을 안나가 빤히 쳐다보고 있었지만, 이 과장은 눈치를 못 채고 무언가를 중얼거리고 있다. 연습을 해보고 있는 듯했다. 안나는 무슨 말을 해주려고 입을 열었다가 잠시 생각을 한 후 그냥 다물었다.

"A조 나오세요."

아직 10분이 안 된 것 같았지만 나오라는데 어쩔 수 없다. 이 과장은 USB와 서류 파일을 다시 한 번 챙기며 비장한 표정을 지었다. 안나는 별다른 내색을 하지 않고 묵묵히 휴대전화 전원을 끄고 가방에 넣었다. 나대용과 나현이는 열심히 하라는, 어떻게 보면 당연하지만 고마웠던 말을 하며 몇 걸음을 함께했다.

또각또각. 이제 복도에는 7명의 구두 소리만이 울리고 있다. 복도 끝 발표장까지의 20m가 끝없는 길처럼 길게 느껴진다. 안내를 하는 여자는 빠른 걸음으로 걷고 있는데 나머지 사람들은 늘어진 테이프처럼 천천히 걷고 있어서 더 오래 걸리는 듯하다. 여자가 속도를 내달라는 듯 뒤를 몇 번 쳐다봤지만 아무도 걸음 속도에 변함이 없자 이내 포기한 듯 앞을 보더니 터벅터벅 걸었다.

'똑똑'

예의상의 노크를 하고 문을 열었다. 시키진 않았지만 사람들이 쪼르르 차례대로 들어갔다. 심사위원으로 보이는 사람들이 대기실보다 짧은 타원형 테이블에 한쪽으로 몰려 앉아 있다. 대략 10명은 안 되어 보였고 그중에는 외국인도 2명 있었는데 아마도 미국 본사의 사람인 듯했다. 타원형 테이블 중간의 공간에는 화면을 전체적으로 녹화할 수 있는 비디오카메라가 설치되어있었다. 발표 내용을 녹화하려는 것 같았다.

안나는 그제야 서서히 긴장이 됐는데 본인이 발표하지 않는 것이 다시금 다행이라고 생각했다. 사람들이 어디에 앉을지 몰라 어정쩡하게 서 있자 안내를 해주던 여자가 말없이 뒤쪽에 종이컵이 있는 빈자리들을 손으로 가리켰다. 그곳에는 종이컵과 생수병, 음료수가 사람 수대로 놓여 있었다. 안나가 자리에 앉아 아무렇지 않게 물통의 마개를 따서 종이컵에 물을 따라 마셨다. 그러자 사람들이 안나의 행동을 힐끔 보더니 이내 각자의 취향에 맞춰 음료를 마시기 시작했다. 태평한 안나의 태도를 이 과장이 빤히 쳐다봤다.

"어떻게든 되겠죠. 드세요."

안나가 작은 소리로 말하며 음료를 컵에 따라 이 과장에게 건넸다. 이 과장이 작은 한숨을 내쉬더니 아무 말 없이 음료를 받아 마셨다.

"첫 번째 팀 나와주세요. 시작하겠습니다."

외국인이 영어로 뭔가를 말하자 앞쪽에 앉아 있는 젊어 보이는 누군가가 얘기했다. 말이 끝나기 무섭게 안나의 옆자리에 앉았던 사람 두 명이 자료를 챙겨 들고 일어났다. 한 사람은 이미 세팅이 되어

103

있는 노트북에 USB를 연결하고 다른 한 사람은 앞쪽에 앉은 사람들에게 인쇄한 자료를 나눠준다. 다 배부됐음을 확인한 사람이 발표를 하기 시작했다. 다소 긴장한 듯한 여자는 약간 빠른 속도로 말을 이어갔다. 원래 정해진 발표시간은 질의응답시간을 제외한 20분이었는데, 이 팀의 20분은 참 길게 느껴졌다. 발표자가 긴장한 탓에 말을 빨리해서 실제 발표시간은 15분도 채 되지 않았음에도 그러했다. 무엇보다 그들의 발표 내용이 참신하지 않았다. 광고주가 현재 외국에서 하고 있는 패턴의 광고를 한국에 맞게 바꾼 듯해 보였는데 심사를 하는 사람들도 별 감흥을 못 느꼈는지 질의응답시간도 5분을 넘기지 않았다. 안나도 혹시나 해서 작은 메모장을 챙겨왔지만 건질 게 없어 아무것도 적지 않았다. 본능적으로 이 팀이 떨어질 거라는 생각이 들었다.

곧바로 두 번째 팀의 발표가 이어졌다. 재희 광고 회사, 이번 프레젠테이션의 유력한 우승 후보다. 그렇게 생각해서인지 인쇄를 해온 발표 자료도 예사롭지 않아 보였고 첫 화면부터 다르다는 생각이 들었다. 안나의 손이 자연스럽게 메모장으로 향했다.

재희 광고 회사의 발표가 진행되는 동안, 정말 쥐 죽은 듯 조용했다. 사람들의 집중도가 대단했다. 언변도 뛰어나서 진정한 베테랑의 면모를 자랑하는 듯했다. 연습을 얼마나 했는지 발표시간도 정확한 20분에서 단지 몇 초의 오차가 있었을 뿐이었다.

내용도 상당히 공격적이었는데 요약하면 마케팅적인 면에서는 모든 수단을 동원해서 판매시장을 광고주 측에 유리하게끔 만들고 말겠다는 것이었다. 자사의 제휴업체 중에 대형 자동차 회사들이 있으므로 제휴 프로모션에 대한 성공적인 가능성도 내비쳤다. 광고 시안은 디자인이 꽤나 세련되긴 했지만 내용 면에서는 안나에게 와 닿지 않았다. 남자를 주된 타깃으로 삼은 듯했다.

하지만 무엇보다 신경이 쓰였던 건 이 과장이었다. 재희 광고 회사의 발표를 들으니 긴장이 됐는지 꼴깍거리는 이 과장의 침 넘기는 소리가 너무 커서 마치 귀 옆에서 들리는 듯했다. 안나는 턱을 괴는 척하면서 손으로 한쪽 귀를 슬며시 막았다.

발표가 끝난 후 이어진 질의응답시간에도 많은 질문들이 오고 갔는데 심지어는 외국인의 질문에도 통역 없이 묻고 답하는 걸 보니 안나조차도 힘이 빠졌다. 여러모로 잘한다 싶긴 했지만 참 독하기도 하다 싶었다.

그제야 이 팀 뒤에 발표하는 것이 상당한 핸디캡이라고 느꼈다. 차라리 먼저 했으면 좋았겠지만 이미 흘러간 시간을 되돌릴 수 없음은 당연했다. 가벼운 한숨을 짓고 옆을 보니 이 과장의 가무잡잡한 얼굴이 더 어두워 보였다. 아무렴 이 사람보다 더할까 싶은 마음에 피식 웃음이 나왔다.

재희 광고 회사가 모두의 관심을 휩쓸고 지나간 직후 안나네 팀의 발표가 이어졌다. 안나는 이 과장에게서 넘겨받은 서류를 정성스럽게 나눠주었는데 자료를 받는 사람들의 표정에서 호감은 느낄 수 없었다. 맨 앞에 인쇄된 회사 로고를 보고 대충 훑는 게 다반사였다. 기분이 좋지는 않았지만 예상했던 반응인지라 다시 묵묵히 영어로 된 자료를 외국인들에게 나누어줬다. 그때 외국인 중 한 명이 자료를 들추며 영어로 뭔가 말을 했다. 안나는 본인이 영어로 대화할 수는 없음을 알고 있었기에 놀란 토끼 눈 모양을 만들며 무슨 문제 있냐는 표정을 지어 보였다. 외국인이 다시금 영어로 무언가를 말했는데 들리는 단어를 더듬어 보니 영어로까지 문서를 만든 것에 대한 칭찬인 듯해서 그저 싱긋 웃으며 밝은 미소로 화답했다.

더 말 걸을세라 안나가 재빨리 자리에 앉았고 곧바로 발표가 시작됐다. 이 과장에게서 긴장의 흔적은 찾을 수 없었다. 아침에 리허설 때도 느꼈지만 밤새도록 연습한 듯싶었다. 원체 달변가는 아니었기에 대단할 정도는 아니었지만 회의에서 지적한 부분을 완벽하게 소화하고 있었다. 분위기도 바뀌기 시작했다. 관심이 없는 듯했던 사람들도 광고 부분에서는 나눠준 그림에 표시까지 하며 미소를 보였다. 일단 관심 끌기에는 성공했다는 생각에 안나의 얼굴에도 비로

소 편안한 웃음이 번졌다. 발표시간이 20분이 조금 넘었지만 마지막 팀이라 그런지 별다른 제재도 받지 않았다.

묻고 답하는 과정에서는 정비소를 이용한 마케팅 방안에 대해 심도 있는 질문이 이어졌는데 역시나 그들도 같은 부분을 많이 고민한 듯했다. 다만 안나네 역시 아무리 머리를 짜내도 만족할 만한 해답을 찾아내지 못했기에 답변을 어떻게 포장해야 할지가 문제였다. 잠시 대답이 없던 이 과장이 안나와 눈이 마주치자 결심한 표정을 짓더니, 우리들도 해답은 찾지 못했다며 회의 중 나왔던 여러 방안들을 그냥 솔직하게 말했다. 안나는 이상한 결론을 말하는 것보다는 훨씬 나은 선택이라 생각했다. 직원의 통역을 통해 전해 들었는지 외국인도 고개를 크게 끄덕이며 자료의 이곳저곳을 체크하기 시작했다.

발표장을 나서는 순간에야 비로소 후련해짐을 느꼈다. 몸이 가벼워졌음을 느껴보기 위해 제자리에서 폴짝폴짝 뛰어도 봤는데 이 과장이 툭 치는 바람에 그만둬야 했다.

"그렇게 좋아?"

"그냥… 끝났잖아요."

어제 이후 이 과장과의 첫 대화였다. 이 과장도 여러 의미가 섞인 긴 한숨을 내뱉는다. 대기실로 들어서니 이미 많은 사람들로 북적인다. A팀이 들어오자 순식간에 이목이 집중된다. 처음 끝내고 오는 팀들의 표정을 구석구석 살피며 분위기를 살펴보려는 기색이 역력하다. 그중에는 이미 짐을 챙겨 들고 있는 나대용과 나현이가 있다. 남 좋은 일을 할 수는 없다는 듯 A팀 전원은 표정 관리를 하며 남아있던 사람들과 짐을 챙겨서 밖으로 나왔다. 대기실을 나올 때까지 그 누구도 말을 하지 않더니 밖으로 나오는 순간 서로 이런저런 질문을 쏟아낸다.

"의외로 선전하시네요. 아이디어는 누가 낸 거예요?"

의외로 선전했다니. 재희 광고 회사의 발표자였던 사람이 친한 사람에게 말을 걸듯 질문했다.

"회사 이름으로 발표한 이상 누구 아이디어랄 게 있나요. 네 거 내 거 없는 거죠 뭐."

안나가 박 주임의 말을 그대로 인용해 대답했다. 별 생각 없이 한 말이었는데 이 과장과 나현이가 살짝 놀랐다. 나대용은 질문을 했던 남자와 그가 들고 있는 서류뭉치들을 빤히 쳐다보고 있었다.

회사로 돌아가는 차 안에서 발표장에서 있었던 이런저런 얘기들이 오갔다. 이 과장이 다소 과장되게 묘사했지만 안나도 굳이 정정하지는 않았다.

느낌이 좋았던 건 사실이다. 최종적으로 선정될 거라는 느낌보다

피땀 흘려 생각한 것들에 고개를 끄덕였던 그 모습에 기분이 좋았다. 경쟁 프레젠테이션에서 가장 참신하고 좋은 의견을 제시한 팀이 꼭 선정되리라는 법은 없다는 걸 알고 있었다. 심지어 수업시간에 교수님께 들은 바로는, 선정되는 팀은 친분이 있거나 이익관계가 오가는 회사가 유력하고 광고 시안은 떨어진 팀의 아이디어로 하는 경우도 있다고 들었다. 그럴 경우 약간의 위로금으로 쓰린 속을 달래야 한다고도 했다. 그래서인지 안나는 결과에 대해 더 무덤덤해졌다. 되도 그만 안 되도 그만이었다.

무엇보다 주말에 편히 쉴 수 있겠다는 생각에 날아갈 것만 같았다.

* * *

정말 잠이 들 때까지만 해도 기분이 날아갈 것만 같았다. 그런데 아침이 돼서 일어나 보니 왠지 기분이 이상했다. 간밤에 무슨 꿈을 꾸었나 싶었지만 도통 기억도 나질 않았다. 꿈 때문은 아닌 듯했다. 분명 어제의 경쟁 프레젠테이션 때문이다. 막상 하루가 지나니 무덤덤했던 어제와는 다르게 마음 한구석이 허전했다.

안나는 침대에 구부정하게 앉은 그대로 생각에 잠겼다. 준비할 때야 힘들어 미칠 것 같았지만, 막상 끝내고 나니 허무한 감정이 예상치 못할 만큼 밀려왔다. 애지중지 키운 딸을 시집보내는 기분이 이걸까 싶었다. 굳이 지금의 회사가 아니더라도, 어딘가에 직장을 얻게 된다면 좋든 싫든 수많은 프로젝트에 치여 살아가게 될 것이다. 일을 하는 사람이라면 누구나 이런 과정을 겪고 있을까? 그리고 이 감정이 무뎌져서 정말 '지긋지긋한 일'만 남게 되는 것일까? 그게 일에 대한 열정이 사라졌다고 하는 것과 동일한 것인지도 궁금해졌다.

'지이이잉—'

한없이 생각의 늪으로 빠져들려던 찰나 문자 도착음이 방 안에 퍼졌다.

[몇 시 어디?]

지연이다. 참 짧은 문자다. 무료 메시지를 보내는 어플을 이용하는 것도 아니고, 언제나 문자를 선호하는 지연이. 30원이 아깝다 싶은 것도 잠시, 그러고 보니 지연이와의 약속이 있는 날이다. 귀찮은 마음에 집 근처에서 만나자고 하고 싶지만, 근래 들어 지연이에게 많은 도움을 받은 게 떠올랐다. 나름대로 공평하게 중간 지점에서 만나자고 문자를 보내고 나니, 뜬금없이 이왕 외출하는 거 맛있는 음식을 먹고 오겠다는 의지가 솟았다. 오늘 하루를 길게 보내고도 싶다. 그러려면 부지런히 움직여야 한다는 생각에 침대를 박차고 일어났다.

지하철역을 나와 약속 장소로 걸어갔다. 눈이 녹지 않아 미끄러웠지만 운동화를 신어서인지 걸음이 빨랐다. 음식을 많이 먹고 싶어서 고무줄 트레이닝복을 입었더니 움직임도 여간 편하지 않다. 이래저래 가뿐하게 장소에 도착했다. 약속 시간 1분 전이다. 이제 곧 나타날 거라는 생각에 60초 카운트를 세며 지연이를 기다렸다. 아니나 다를까, 지연이가 코너를 돌아 무표정으로 걸어오고 있는 게 보였다. 마침내 안나 앞에 선 순간, 시간을 보니 정각이었다.

"캬~"

안나가 감탄사를 내뱉자 지연이가 볼멘소리를 했다.

"뭐야."

"있어. 그런 거."

안나가 피식거리며 걷기 시작했다.

"뭐야, 어디 가?"

"밥 먹으러 가지 어딜 가. 오늘 미친 듯이 먹을 거야."

"언젠 안 그랬냐."

"오늘은 더 특별해."

지연이가 고개를 돌려 안나를 쳐다봤다. 무슨 말인지 묻는 표정이었지만 안나는 대꾸 없이 걷기만 했다. 머릿속에 먹고 싶은 음식이 가득했다. 이미 십여 가지의 음식들이 각자 순위를 정하며 빙빙 돌고 있었다. 1위는 자장면이었다. 이런 순간에도 고작 자장면이 먹고 싶다는 게 슬펐지만, 생각할수록 침이 고이는 건 어쩔 수 없었다. 2위는 쫄면, 3위는 치즈 토핑이 듬뿍 들어간 닭갈비였다. 매콤 새콤한 쫄면도 먹고 싶지만, 집에서 해먹을 수 있다는 걸 감안한다면 선택은 역시 닭갈비다. 혼자 메뉴 선택을 마친 안나가 만족스럽게 고개를 끄덕이며 옆을 보니 지연이가 지나가는 커플들을 보며 중얼거렸다.

"오늘따라 걸림돌들이 많네."

지연이는 커플들을 '걸림돌'이라고 표현한다. 본인조차 한때는 닭살 커플이어서 사귈 때는 연락도 잘 안 되더니, 헤어지고 난 후에는 '남자는 모두 애 아니면 개'라며 커플에 대해 비관적이 되었다. 앞을 보니 정말 오늘따라 커플들이 많았다. 추운 날씨 탓에 서로가 팔짱을 꼭 껴서 그런지 더욱 다정해 보이기까지 했다.

그러려니 하고 걷고 있는데 앞에 가는 커플의 대화 소리가 들렸다. 자세하게 들리진 않았지만 약간 짜증이 섞인 듯한 말투를 보니 말다툼을 하는 듯했다. 내색은 하지 않았지만 서로가 앞 커플의 대화에 집중하고 있다는 걸 알 수 있었다. 안나와 지연이는 걸음 속도를 내 앞 커플과의 밀착도를 높였다. 커플 싸움 구경은 이 세상 3대 재미 중 하나라고 하지 않았던가. 안나는 귀를 쫑긋 세웠다.

듣자 하니 궁합에 대한 내용이었다. 재미 삼아 보자는 여자와 안 좋은 소리 들으면 기분이 상할 거라는 남자의 주장이 오고 갔다. 언성이 높아지진 않았지만 서로가 주장을 굽히지 않았다. 절대로 보지 않겠다는 남자의 주장도 완고했지만, 시간이 흐를수록 애교를 섞어가며 조르는 여자로 인해 결국 커플의 발걸음은 사주카페로 향했다.

커플을 따라가던 안나와 지연이의 발걸음이 갈 곳을 잃고 멈췄다. 잠시 머뭇거리다 고개를 돌려 보니 타로를 비롯해 다양한 사주와 궁합을 보는 곳들이 이십여 미터 정도 늘어서 있었다. 도심에서는 보기 힘든 나름의 진풍경이었다. '학생 특별 할인'이라고 쓰여 있는 곳도 있었는데 장소와는 어울리지 않는 이상한 느낌이었다.

"우리도 볼까?"

지연이가 불쑥 말했다.

"너랑 나랑 궁합을 보자고?"

"뭐라는 거야. 사주를 보자고 이 사람아."

어이없어하는 서로의 눈이 마주치자 누가 먼저랄 것 없이 피식 웃음이 새어 나왔다.

"궁금하긴 한데, 돈이 아까워."

안나가 주머니에 손을 넣고 입김을 내뿜으며 말했다.

"그럼 그냥 옆에 있기만 해."

말을 끝내자마자 지연이가 종종걸음으로 이곳저곳을 힐끔거리며 망설이더니 한 곳으로 들어갔다. 조그만 천막같이 생긴 그곳에는 뿔테 안경을 쓴 할아버지가 책을 읽고 있었다. 말이 천막이지 제대로 된 장소가 아니다 보니 찬기가 서려 있었다. 아닌 게 아니라 할아버지 옆에는 자그마한 난로가 있었고 무릎에는 담요도 덮여 있었다.

"안녕하세요."

지연이와 안나가 합창하듯 인사를 건네며 자리에 앉았다. 할아버지가 안경 너머로 쳐다보더니 두 사람 쪽으로 난로를 돌렸다.

"아네요. 안 추워요. 할아버지 쪽으로 하세요."

안나가 손사래를 쳤지만 할아버지는 대꾸하지 않은 채 노트를 펴며 말했다.

"이름~"

머쓱해진 안나가 지연이를 쳐다보며 이름을 말하라는 고갯짓을 했다.

"류.지.연.이요."

114 혹여 잘못 알아들을까 싶었는지 지연이가 이름 세 자를 또박또박

말했다. 이어 생년월일과 태어난 시간까지 꼼꼼하게 받아 적던 할아버지가 노트에 무언가를 휘갈겨 쓰기 시작했다. 지연이가 침을 삼키더니 물었다.

"왜요? 제 사주가 어떤데요?"

"평범해. 그럭저럭 살아갈 거야."

나쁜 말은 아니었지만, 기분이 썩 좋지도 않았다. 그럭저럭 살아간다니. 마치 아무렇게나 내뱉은 말 같았다.

"그럭저럭 살아가는 건 누구나 그렇잖아요. 그런 거 말고 없어요?"

따지듯 묻자 할아버지가 다시금 안경 너머로 지연이를 처다보더니 입을 열었다.

"그럭저럭 사는 것도 고마운 거야. 궁금하면 별거 아닌 것도 얘기해줘?"

지연이가 못 미더운 표정을 지으며 말없이 고개를 끄덕였다. 할아버지는 의심스러워하는 지연이의 표정을 보더니 나름 크다고 생각하는 사건들, 예를 들면 목숨이 위태롭기까지는 아니었지만 큰 사고를 겪었던 지연이의 과거 사건을 언급하며 불신을 녹이고 앞으로의 일들에 대해 말하기 시작했다.

"26살, 그러니까 2년 후에 큰 결정을 해야 할 거야. 해외로 나가는 기운이 있어. 다른 나라로 갈 수도 있겠네."

2년이라면 지연이의 계약직 기간이 끝나는 때를 말하는 건가? 별안간 지연이의 눈이 똥그래지기 시작했다. 어서 뒷말을 해달라는 눈빛이었다.

"아까도 말했지만, 큰 결정이라고 해도 인생 자체가 굴곡이 심하지 않아서 2년 후 어떤 선택을 하든 크게 달라지진 않을 거야."

지연이를 빤히 쳐다보던 할아버지가 이어서 말했다.

"끝이야."

지연이의 어깨가 축 처졌다.

"그게 뭐예요. 그리고 인생 굴곡이 심하지 않다니요. 지금까지 순탄하게 살아오지만도 않았어요! 고민이 얼마나 많았는데요!"

"애 같은 소리 하고 있어. 고만고만한 고민 안 하고 사는 사람이 세상에 어디 있어. 안 그러냐?"

언성이 높아진 할아버지가 대뜸 안나를 보고 물었다.

"그, 그렇죠…."

안나가 얼떨결에 고개를 끄덕이며 말을 이었다.

"그럼요. 할아버지. 저는요? 제 것도 봐주세요."

"이름~"

"안.나. 외자예요. 성이 '안', 이름이 '나'요."

지연이가 안나를 째려보며 무슨 말을 하려는 순간 휴대전화 진동이 울렸다. 짜증 서린 표정으로 문자를 읽던 지연이가 누군가에게 답문을 보내는 사이 안나는 재빨리 생년월일과 출생시간을 또박또박 읊었다. 할아버지는 차분히 받아 적다가 역시나 무언가를 휘갈겨 쓰기 시작했다. 대체 뭐라고 쓰는 건지 궁금했다. 몇 초 동안을 내려 적던 할아버지가 씩 웃었다. 뭔가 재미있어하는 표정이었다.

"왜요?"

안나가 자못 긴장한 목소리로 물었다.

"올해 24살인가?"

"네? 네…."

"너는 24살이 아주 롤러코스터다. 오르락내리락 아주 신이 났었겠네."

그랬었나? 싶은 표정으로 올 한 해를 빠르게 훑었다. 굳이 끼워 맞춘 것 같기도 싶었지만 생각해 보니 올해 들어서 뭔가 다른 것 같기도 했다.

"오늘이 12월 30일인데…. 이틀 있으면 해가 바뀌잖아요. 그럼 애는 모레부터 어떻게 돼요?"

지연이가 약간 떠보는 듯한 질문을 했다. 안나는 왜 그런 말을 하냐는 눈치를 주면서도 궁금했는지 할아버지를 빤히 쳐다봤다.

"음력으로 해야지. 설날 전까지는 더 판타스틱할 거야."

지긋하신 어르신의 입에서 나온 '판타스틱'이라는 단어가 참 낯설었지만 중요한 건 그게 아니었기에 5분 전의 지연이처럼 다른 무언가를 재촉하는 눈빛을 보냈다.

"하지만 뭐든 마음먹기에 따라 다른 거야. 제일 위에 있을 때도 상심할 수도 있고, 제일 밑에 있을 때도 즐겁다 생각하면 즐거울 거야. 뭐든 한 번에 바뀌는 건 없다는 것만 기억하면 돼. 내려오는 거야 한 번에 쭉 내려오지만, 좋은 건 계단식으로 천천히 올라가듯 바뀌는 거야."

안나가 계속해서 빤히 쳐다보고 있자 할아버지가 작은 한숨을 쉬며 덧붙였다.

"그냥 맘 편하게 먹고살면 된다는 거야."

무언가를 생각하던 안나가 울상이 된 표정으로 말했다.

"무슨 말인지 모르겠어요⋯."

"모르고 말고 할 게 뭐 있어, 이놈아. 무슨 어려운 말을 했다고."

"그런 말은 누구나 할 수 있는 거 아니에요?"

대화를 듣고 있던 지연이가 못마땅한 표정으로 입을 열었다. 할아버지 역시 무언가를 말하려는 순간 천막의 휘장이 걷어지며 누군가가 들어왔다.

"뭐야, 둘이 궁합이라도 보는 거야?"

장난기 가득한 미소를 지닌 진성이었다.

"어떻게 알고 왔어?"

갑작스러운 진성이의 출현에 안나가 반색하며 물었다.

"편집이 일찍 끝났어. 네가 하도 연락 안 받아서 지연이한테 물어봤다."

안나가 휴대전화를 보니 정말 부재중 통화와 문자가 여럿 와 있었다. 인사로 어수선한 분위기 속에서 할아버지는 손님이 늘었다는 표정으로 반색했으나 이내 진성이의 뚱한 표정을 보고 다시금 무표정해졌다.

"근데요…."

순간의 정적을 깨며 진성이가 입을 열었고, 할아버지와 안나, 지연이가 동시에 진성이를 쳐다봤다.

"사주라는 게… 통계잖아요? 어떤 날 몇 시에 태어난 사람들이 대부분 이런 삶을 살았으니 너도 이렇게 될 것이라고 하는 거, 맞죠? 그럼 우리가 어떤 삶을 살고 있는지 기록하고 있는 사람도 있는 건가요? 남의 삶을 기록하는 그런 사람들? 요즘은 세상이 많이 바뀌었는데, 그런 것도 고려가 되는 건가요?"

듣고 보니 궁금하긴 해서인지 안나와 지연이가 귀를 쫑긋 세웠지만 할아버지는 괜히 방해하지 말라며 소리를 지르고 세 명을 내쫓았다. 그렇게 안나와 지연이는 궁금한 것을 더 물어보지 못한 채 허둥지둥 지갑에서 돈을 꺼내며 천막을 나서야 했다.

정말 우리는, 정해진 굴레 안에서 바둥거리는 걸까? 올해 겪었던 모든 일들은 내가 어떤 결정을 하든지 일어날 수밖에 없었던 일들인 걸까? 선크림만 바르고 트레이닝복을 입고 머리를 질끈 묶은 지금의 모습을 보며, 습관처럼 화장하고 예쁘게 보이는 옷을 입어야만 밖에 나갈 수 있었던 얼마 전까지의 일들이 떠올랐다.

치열하게 살았어도 건질 것 없는 24년이었는데. 어차피 결과가 같을 거라면 고민 없이 편하게라도 지내고 싶다는 생각이 들었다. 결과가 달라지더라도 뭐 어떠려니 싶었다.

7

새해의 첫 출근은 느낌이 다르다. 학생 때 맞이하는 새해와는 확실히 달랐다. 출근길에 마주친 사람들 모두 그래 보였다. 지친 일상을 이겨내고 심기일전하게 만드는 새해의 힘이었다.

사무실에 들어서는 사람들 모두 'HAPPY NEW YEAR'를 외쳤다. 이 과장도 한껏 상기된 말투였다. 상기된 말투와는 달리 얼굴에는 긴장한 티가 역력했는데 생각해보니 오늘이 경합 결과 발표 날이었다. 벌써 일주일이나 지났다. 항상 냉철하기만 했던 이 과장이 은근히 설레는 표정을 보니 괜스레 안나도 기대감이 생기는 듯했다. 아마 새해여서 그럴 거다.

나대용은 더욱 밝은 표정으로 선배님들의 책상에 무언가를 놓고 있었다. 새해 메시지가 담긴 카드와 초콜릿이었다. 슬쩍 보니 부장님과 과장님들의 책상에 올려져 있는 건 크기가 달랐다. 새해에도 변함없이 열심이다 싶다.

오전 내내 들뜬 분위기는 점심까지 지속됐다. 밥을 먹으며 너나 할 것 없이 본인의 새해 목표를 발표하듯이 선언했다. 식사 후 안나는 박 주임과 옥상에서 찬바람을 쐬며 광합성을 했다. 박 주임 말로는 식물이 광합성을 하듯 사람의 몸도 자외선을 '비타민 D'로 만들어 낸다며 자주 햇빛을 봐야 한다고 했다.

옥상에서 좋은 기운을 듬뿍 머금고 사무실에 오니 모두가 환호하고 있었다. 자동차 엔진 오일 광고 경합에서 최종 우승을 한 것이다. 맙소사. 이 과장은 표정이 한껏 고무된 채 어딘가로 전화를 하고 있었고, 심지어 나대용은 눈물까지 흘리며 감격하고 있었는데 느낌상일지는 모르지만 진심 같지는 않았다. 안나도 직접 경합 우승 공지를 확인하자마자 온몸에 소름이 돋았지만, 이내 생각보다는 담담해졌다. 새해부터 좋은 출발이라는 느낌 정도였다.

1팀은 바로 회의실로 소집되어 회의에 들어갔다. 광고주 측에서 해당 제품을 한국에서 빨리 런칭을 하고 싶어 해서 일정이 상당히 빠듯했다. 광고 모델 섭외도 완료되었으며, 지면광고 촬영은 다음 주에 해야 한다고 했다. 심지어 섭외된 광고 모델이 '나라서'였다. 안나는 다시 온몸에 소름이 끼쳤다. 안나에게는 경합 우승보다 더 놀라운 소식이었다. 제일 좋아하는 배우이기도 했지만, 이번 광고 시안을 할 때 참고했던 모델이 나라서이기 때문이었다. 실제로 시상식 드레스 입었던 모습을 본떠 시안에 넣기도 했다.

하지만 무명 모델도 섭외 후 일주일 만에 촬영은 어려울 텐데 톱배우가 그게 가능하다니. 이 과장은 광고주 측에 나라서의 지인이 있었고, 마침 영화 촬영 상대 배우의 급작스러운 스케줄로 인해 촬영 일정이 변경되어 광고 스케줄을 잡을 수 있었다고 했다.

새해부터 좋은 일들의 연속이다. 광고 경합에서 우승한 것보다 나라서의 모델 출연 소식이 안나에게는 더 꿈만 같았다.

* * *

긴장감이 흐르는 회의실. 30초째 정적이 흐르고 있다. 20명이 채 되지 않는 사람들은 일제히 한 사람만 바라보고 있다. 나라서. 그녀가 입을 떼야 한다. 30초가 이렇게 긴 시간이었다니, 하고 모두가 생각하고 있을 것이다. 결심이 선 것일까? 그녀가 나지막이 한숨을 쉬었다. 조금씩 다른 생각을 하고 있던 사람들의 시선이 다시 한 곳으로 모였다. 사람들의 눈은 그녀의 시선을 따라 움직였고, 그녀가 숨을 들이쉬고 내쉬는 걸 보며 본인들도 모르게 따라 하고 있었다.

어떻게 보면, 사람들은 이렇게 대놓고 그녀의 얼굴을 쳐다볼 수 있는 상황을 즐기고 있는 듯했다. 이때다 싶어 얼굴 이곳저곳을 빠르게 훑는 눈길이 다반사였다.

적당히 긴 듯하면서도 오뚝한 콧날, 쌍꺼풀이 없어도 제법 컸을 법한 눈, 하얀 피부는 혈관까지 보일 만큼 투명했지만 제법 탱탱하고 건강해 보이기까지 했다. 연예인을 실제로 보면 이래서 이야깃거리가 되는 걸까. 카메라에 담긴 모습과는 확연히 다른 무언가가 실물로 느껴졌다.

다시금 다른 생각이 들려는 순간 그녀의 입이 움직였다.

"콘티가 변경된 건 없는 것 같네요. 전 좋은데요? 근데 심의 통과 못 하면 어떡해요? 저 다시 촬영할 시간은 없을 텐데."

"괜찮습니다. 어떻게든 재촬영은 안 하는 걸로 하겠습니다."

"그럼요. 괜찮습니다. 심의 통과가 안 되면, 온라인에서만 바이럴 용으로 배포해도 됩니다. 요즘은 SNS로 퍼지는 게 더 효과가 많거든요."

아무리 광고비를 주는 입장이라고 해도 그렇지, 톱스타에게 광고가 방영이 안 될 수도 있다는 둥 바이럴 용으로 뿌려질 수도 있다는 둥의 말을 하다니. 생각이나 하고 말하는 걸까? 다들 여러모로 어렵게 잡은 광고 촬영이 취소될까 봐 당황해서 아무 말이나 해대는 것 같았다.

나라서는 매니저로 보이는 사람과 함께 콘티와 큐시트를 보며 조곤조곤 무언가를 얘기했다.

"뭐, 좋아요~"

앗싸. 마른 가뭄의 단비 같았던 그녀의 한마디로 사람들 얼굴에 미소가 번졌다. 테이블 맨 끝에 멀찌감치 앉아 귀를 쫑긋 세우던 안나도 웃었다. 사실 안나는 시종일관 얼굴에 홍조를 띠며 웃고 있었다. 나라서와 일을 하게 될 줄이야. 심지어 회의실에 들어오며 인사하던 나라서와 눈도 마주친 것 같았다.

[OK]

안나는 휴대전화를 꺼내 진성이에게 메시지를 보냈다. 진성이의 선배가 케이블에서 연예 정보 프로그램의 제작 PD로 있어서 이번 광고 촬영 때 홍보차 인터뷰를 하러 오기로 했는데, 안나도 볼 겸 진성이가 카메라 담당으로 온다고 했다. 진성이와 일로써 만나게 되다니! 오래 살고 볼 일이었다. 진성이가 맡고 있는 프로그램을 생각하면 순간 아찔했지만, 이번에는 선배를 도와주러 카메라 촬영만 하는 거라 별일 있을까 싶었다.

그런 걱정도 잠시, 본격적인 촬영 준비로 정신이 없어졌다. 급하게 잡힌 일정인지라 현장에서 바로 결정되고 진행되는 일도 많았고, 앉아서 쉬는 사람 하나 없을 만큼 끊임없이 체크해야 할 일도 많았다.

안나도 부산하게 움직였다. 촬영 시안 및 수정 완료된 큐시트를 현장에서 재인쇄해 주요 스태프들에게 나눠주고, 리허설 때부터 계속해서 진행 상황을 체크해야 했다. 계속된 준비에 허기질 때쯤 케이터링 음식이 도착했다. 언뜻 보면 그냥 출장 뷔페 형식이었지만 들뜬 기분 때문인지 음식 개수는 훨씬 적어도 뭔가 더 멋있어 보였다.

나라서가 세팅을 마쳤다는 이야기가 들리자 모든 스텝이 허겁지겁 밥을 먹고 본격적인 촬영이 시작되었다.

"우~아!!!"

새빨간 드레스, 새하얀 얼굴에 새빨간 립스틱, 풍성한 웨이브의 긴 머리를 한 나라서가 대기실에서 나오자 안나는 절로 감탄사를 내뱉었다. 본인 입에서 나온 갑작스러운 소리에 안나는 스스로 당황했지만 다른 사람들도 저마다 감탄사를 내뱉고 있었다. 여배우의 기분을 띄워주기 위한 행동이라고 생각할지도 모르지만 안나는 진심이었다. 완벽하게 세팅된 연예인을 가까이에서 보는 것도 놀랍고, 무엇보다 안나가 생각했던 광고 시안의 모습과 똑같았다. 심지어 스포츠카 안에 탑승하니 더 완벽했다.

안나는 가슴이 벅차올랐다. 프로젝트를 준비하며 겪었던 수많은 일들이 떠올랐다. 몇 년째 회사를 때려치우겠다고 말만 하는 회사 선배들이 이 맛에 그만두지 못하는 것일 거라는 생각이 들었다.

한동안 감상에 젖어 넋 놓고 있자 이 과장이 침 닦으라는 장난스러운 제스처를 취했고 안나는 그제야 정신을 차렸다. 기분 탓이었겠지만 그런 안나의 모습을 보고 나라서가 살짝 웃은 것 같았다.

현장에서의 대사는 없는 탓에 스튜디오에는 '오케이'와 '컷'을 외치는 감독의 목소리만 들렸다. 사람들이 서서히 지쳐갈 때쯤 나라서가 노래를 흥얼거렸고, 스텝들은 눈치 빠르게 음악을 틀었다. 다시금 생기가 돌다가 지칠 때쯤 첫 번째 콘셉트의 촬영이 끝났고 다음 세트장을 준비하는 동안 특정 언론매체 및 연예 프로그램들의 인터뷰가 시작됐다.

촬영이 결정된 지 얼마 되지 않아 급박하게 섭외됐음에도 불구하고 신청하는 곳이 많아서 오히려 우선순위를 기준으로 거절을 해야만 했다. 나라서의 위엄이었다. 딱히 신비주의를 내세우지는 않았지만 대중들은 나라서를 보고 싶어 했고 나라서의 이야기를 듣고 싶어 했다. 과열된 취재 경쟁은 당연한 결과였다.

밖에서 따로 대기하고 있던 촬영 팀들이 순서에 따라 들어왔고 마침내 진성이가 들어왔다. 안나는 피식 웃을 수밖에 없었다. 감독과 진성이 모두 검은 정장에 나비넥타이를 매고 있었는데, 심지어 진성이의 선배라는 감독은 상당히 잘생긴 외모에 메이크업까지 하고 온 듯했고, 나라서에게 줄 새빨간 장미 한 다발을 들고 있었다. 감독이 무릎을 꿇고 전해준 꽃다발을 받아 든 나라서는 킥킥대며 웃었고 안면이 있었는지 안부를 주고받으며 이야기꽃을 피웠다. 덕분에 인터뷰도 제일 자연스럽게 진행이 되었는데, 나라서가 새빨간 꽃과 이번 콘셉트가 잘 맞아떨어진다며 신기해했고 안나는 지연이와 진성이에게 콘셉트를 얘기해 줬던 기억이 떠올랐다. 안나와 눈을 마주친 진성이는 웃으며 어깨를 으쓱거렸다.

안나도 다시금 웃음이 나왔다. 자신이 좋아하는 두 사람과 일로써 같은 공간에 있는 이 순간이 참 신기했다.

두 번째 세트장에서의 촬영도 3시간여 만에 끝이 났다. 다음 날 밤부터 영화 촬영이 있는 나라서를 위해 매니저가 알람 기계처럼 정각마다 스텝들을 재촉한 덕분이었다. 근처 녹음실에서의 간단한 내레이션이 남아있었지만 통상 1시간 안에 끝나는 일이었고, 안나까지는 안 가도 되는 일이었다. 촬영을 마친 나라서가 큰 소리로 수고하셨다는 인사를 하며 고개를 숙였고, 스텝들도 환하게 웃으며 함께 인사를 했다.

대기실에서 옷을 갈아입고 문을 나서기 전 나라서가 주위를 두리번거리며 인터뷰 때 받은 꽃다발을 찾았다. 안나는 소파 근처에서 꽃다발을 찾아 나라서에게 건넸다. 엄청나게 가까운 거리였다.

"좋아해요."

꽃을 건네는 안나의 입에서 본인도 모르게 말이 튀어나왔다. 젠장. 밑도 끝도 없이 좋아한다니. 예뻐 보여서 아무리 정신없다고 해도 그렇지. 순간 말을 내뱉고 이상한 상황이라는 걸 눈치챈 안나의 얼굴이 빨개졌고, 심지어 꽃을 건네는 손은 처음부터 덜덜 떨리고 있었는데 누가 봐도 고백하는 모양새였다.

'아냐, 난 그런 뜻이 아니었어.'

왜 내가 하는 말은 내 뇌를 거치지 않는 것인가. 안나는 입은 벌렸지만 차마 말을 하지는 못한 채로 고개만 저었다. 그 모습이 더 멍청해 보였다. 매니저가 안나를 위아래로 훑었다.

나라서는 좋아한다는 말을 들을 때 분명 살짝 당황한 듯 보였지만, 이내 활짝 웃으며 꽃을 받았다.

"오늘 고백 여러 번 받네요. 고마워요~"

"사실, 팬이에요. 언니. 사, 사진 한번 찍을 수 있을까요?"

뇌가 미쳤는지 이제는 저절로 입이 벌어져 말이 나오는 것 같았다. 훑어만 보던 매니저가 안나를 적극적으로 제지하기 시작했다.

"이러시면 안 됩니다."

식상한 매니저들의 단골 대사. 조용했던 안나의 돌발 행동에 놀란 이 과장도 달려오고 있었다.

'너희가 되는 게 어디 있어.'

안나가 '에라 모르겠다' 하는 심정으로 매니저에게 되지도 않는 애교를 부려보려는 찰나 나라서가 매니저를 제지하며 말했다.

"좋죠. 다 같이 사진 찍어요~"

나라서의 한마디에 스텝들이 정리하던 걸 멈추고 우르르 몰려들었다. 나라서는 생각지 못한 반응에 놀랐지만 이내 한 명 한 명 사진을 찍어주었다. 제일 첫 순서였던 안나는 브이 자를 그리며 두 번이나 사진을 찍었다. 말리러 왔던 이 과장도 머뭇거리더니 얼굴에 홍조를 띠고 손으로 수줍게 하트 모양까지 만들며 사진을 찍었다.

더할 나위 없이 안나에게는 최고의 하루였다.

* * *

아침 기상 시간이다. 알람이 울리기 전 눈이 저절로 떠졌다. 며칠 연속 그렇게 몸이 개운할 수가 없다. 안나는 이 모든 게 나라서 덕분이라고 확신했다. 그날 이후로 늘 나라서와 찍은 사진과 함께 하루를 시작했다. 메신저 사진도, 휴대전화 배경화면도 나라서와 함께 찍은 사진으로 바꿨다. 나라서가 월등히 예쁜 탓에 어쩔 수 없이 안나의 모습만 휴대전화 어플을 통해 살짝 보정해야 했지만 그래도 좋았다.

오늘이 월요일임에도 기분이 날아갈 듯했다. 아직 알람이 울리려면 10분이나 남았다. 좀 더 이불 속에 있어도 된다는 행복감에 몸을 꼼지락거리며 이불 깊숙이 파고들었다. 고개만 빼꼼히 내놓고 눈만 껌벅거리며 오늘은 무슨 옷을 입고 갈지 생각에 잠겼다. 책상 위에 올려진 쇼핑백이 눈에 들어왔다. 어제 지연이에게 선물 받은 옷이었다.

어제는 오랜만에 삼총사와의 모임이 있었다. 안나의 생일파티 겸 신년회였다. 생일 및 광고 프레젠테이션 우승 기념으로 안나가 거하게 한턱냈는데, 좋은 곳에서 맛있고 비싼 음식을 먹으니 진정한 어른이 된 것 같았다. 일 년에 한두 번쯤은 스스로를 위해 이런 기회를 갖기로 결심하기까지 했다.

식사 후 다소 늦은 선물 증정식을 진행했다. 진성이는 프로그램 협찬품으로 얻은 여행 상품권을 주었다. 케이블 제작 여건상 가끔 출연료를 이런저런 상품권으로 챙겨주는 경우도 있다고 했는데, 프로그램이 끝날 때 진성이의 내레이션과 함께 자막으로 뜨던 여행사의 상품권을 직접 받으니 뭔가 신기하면서도 웃겼다. 게다가 무려 30만 원짜리였다. 방송 프로그램에서 제대로 홍보해준 것에 감사해 여행사에서 진성이에게 연말 선물로 10만 원짜리 5장, 그러니까 총

50만 원어치의 여행 상품권을 준 것이다. 이 중 30만 원은 안나의 생일선물로, 10만 원은 지연이에게, 그리고 나머지 10만 원은 쌍둥이 오빠에게 주는 거라고 했다. 안나와 지연이는 본인들이 받은 상품권을 합쳐 셋이서 여행을 가자고 제안했지만, 진성이는 막상 다음 날부터 새로운 프로그램 녹화가 있고 그걸 시작으로 올해는 휴일도 없이 일하게 될 것 같다며, 하반기쯤 휴가가 있어도 상품권 사용을 못 하니 시간 있을 때 빨리 쓰라고 했다. 아닌 게 아니라 유효기간이 발행일로부터 3개월이라 실제 사용 가능일이 2달 좀 넘게만 남아있었다.

지연이는 안나에게 옷을 선물했다. 나라서가 얼마 전 화보에서 입고 나왔던 니트였다. 화보를 보고 나라서도 예쁘고 옷도 예쁘다며 입이 마르도록 칭찬했던 게 떠올랐다. 나라서만큼 본인이 옷을 소화할지 모르지만 같은 옷을 가지고 있는 것만으로도 행복감이 밀려왔다.

다시 삼총사 본인들의 근황에 대한 수다가 이어졌다. 안나는 휴대전화를 꺼내 사진을 보여주며 얼마 전 광고 촬영장에서의 일을 이야기했다. 휴대전화 메신저상으로도 세 번 이상 말한 것 같았지만 친구들은 웃으면서 얘기를 다 들어주었다.

진성이도 대뜸 사진을 한 장 보여주었다. 턱시도를 입고 있는 진성이의 모습이었는데 광고 촬영 때 입고 온 바로 그 옷이었다. 연말 때 공중파 방송사에서는 시상식을 하는 반면 케이블 방송은 통상 기존대로 방송을 하거나 가장 재미있던 에피소드를 5개 정도 선정해 편집해서 방송하는데, 진성이 프로그램은 자체 시상식을 진행했다. 시상식에 참가하고 싶었던 무명의 출연자들이 적극적으로 대거 참여해 촬영 시 에피소드도 들려주고, 프로그램의 SNS를 통해 선정된 재연 배우 및 출연자에게 트로피 및 각종 협찬품을 시상했다. 나름대로 생방송 1~2부로 나눠서 진행도 됐고 심지어 아이돌의 축하 공연까지 있었다. 연말 시상식에 초대받지 못한 사람들이었지만 빛나는 미래를 꿈꾸며 누구보다 즐겁게 시간을 보냈다.

진성이네 방송은 본 방영보다 유튜브 자체 채널에 올려놓은 영상들이 더 인기가 있었는데, 실제로 조회수가 높아 광고비가 제법 짭짤했고 진성이는 연말 보너스도 받았다.

지연이도 연말이라 '올해를 빛낸 각종 키워드' 등으로 바빴다고 했다. 심지어 올해는 대통령 선거가 있어 더욱 바빠질 예정이지만, 몸은 바빠도 단기간에 일을 습득할 수 있는 좋은 기회라고 했다.

안나는 디저트를 먹으며 삼총사에게 다시금 고마움을 표현했다. 지연이의 리서치도 고맙고, 엔진오일을 이해하는 데 일조한 진성이에게도 고마웠다. 무엇보다 안나 자신의 이야기를 묵묵히 들어주고 이해해주는 게 고마웠다. 지연이와 진성이는 뭘 그런 걸 고마워하느냐고 손사래를 치면서도 표정은 계속 싱글벙글 이었다. 감정표현, 특히 고마움과 미안함은 그때그때 진심을 담아 표현하는 게 좋다는 걸 다시 한 번 느꼈다.

어제 생각에 웃고 있을 때 기상 알람이 울렸다. 어느새 10분이 지났다. 안나는 얼른 준비를 마치고 지연이가 사준 니트를 입고 기분 좋게 회사로 출근했다. 비교적 일찍 출근한 편인데도 이 과장은 먼저 나와 있었다. 언제나 그랬다. 안나도 지각은커녕 출근시간 20분 전에는 도착하는 편이었는데, 한번은 무려 1시간 일찍 왔을 때도 이 과장은 먼저 출근해 자리에 앉아 있었다. 회사에서 밤을 새운 건 아닐까 생각했지만 표정이 좋아 보이진 않아서 굳이 물어보진 않았다.

또각거리는 구두 소리와 함께 박 주임이 왔고, 이어 나대용이 사무실에 들어서자마자 과장된 제스처를 취하며 90도로 인사를 했다. 출근시간인 정각 10시에는 언제나 그렇듯 나현이의 등장이다. 최소 출근시간 10분 전에 도착해 주변을 정리하고, 10시 전에는 자리에 앉아 업무를 시작할 수 있도록 박 주임이 지시했지만 나현이는 단답형으로 대답만 할 뿐 달라지는 것은 없었다. 그래서인지 나현이의 출근인사에 박 주임은 별다른 대꾸를 하지 않았다.

안나가 조용히 자리에 앉아 평소처럼 회사 메일을 읽은 후 포털사이트 실시간 검색 순위를 보는데 1위가 나라서였다.

'아 맞다. 오늘부터 광고 온에어라고 했지.'

아침 일찍부터 보도자료를 뿌렸구나 싶어 반가운 마음에 클릭한 순간 나라서의 열애설에 관한 기사가 와르르 쏟아졌다. 기사 본문에는 나라서로 추정되는, 모자를 쓴 여자가 상대편 남자를 안아주고 있었다. 사진을 너무 확대한 탓에 화질이 많이 흐렸지만, 언뜻 봐도 나라서의 모습이었고 상대편 남자는 한 손으로 눈 부분을 가리고 있어 누군지는 알 수가 없었다. 기사는 계속 나오기 시작했고 점심시간쯤 사진에 찍힌 남자는 촬영 중인 영화의 상대 배우인 신예 '김민석'이라는 기사가 등장했다. 다시 기사는 꼬리에 꼬리를 물고 '나라서의 남자 김민석', '새해 첫 연상연하 스타 커플 탄생' 등의 제목으로 온라인 포털사이트를 휩쓸었다. 댓글에는 밖에서 대놓고 포옹을 하다니 조심성이 없다는 둥, 이제 나라서도 관심받으려고 스캔들을 낸다는 둥, 스캔들로 인해 몸값이 떨어졌다는 등의 내용도 있었다.

안나네 회사도 긴장 상태였다. 오전에 뿌리기로 했던 보도자료가 아직도 홀딩 중이었다. 이 과장은 쉴 새 없이 누군가와 통화를 했고, 박 주임도 계속해서 광고주와 메일을 주고받았다. 안나는 자신이 도울 것은 없는지 묻고 싶었지만, 이럴 때는 가만히 있는 게 좋을 것 같았다. 실제로 나대용이 시킬 게 있으면 말씀하시라며 이 과장의 어깨를 주무르고 말을 걸었지만, 이 과장은 인상만 쓰며 아무런 대꾸도 하지 않았다. 이 과장은 광고주와 통화를 하는 듯했는데 예정대로 오늘 보도자료를 뿌려도 지금 상황으로는 주목은커녕 기사가 하나도 안 날 것 같았고, 오히려 노이즈 마케팅이라는 소리를 들을 게 뻔했다. 마냥 진화되기를 기다리기에는 광고주의 한국 런칭 일정도 생각해야 했기 때문에 나라서 쪽의 대응이 중요한데, 아직까지 별다른 입장 표명이 없었다.

이대로는 퇴근이나 제시간에 할 수 있을까 하며 본의 아니게 모두의 속이 타들어 갈 때쯤 유명 온라인 커뮤니티 사이트에 영상이 하나 올라왔다. 열애설 사진이 찍힌 날, 그 장면을 본 사람이 다른 각도에서 찍은 모습이었다. 영상에는 나라서와 상대 배우 김민석이 문제의 사진이 찍힌 것과 같은 장소에서 같은 복장을 하고 있었고, 무엇보다 두 사람 외에 다른 사람들도 꽤 많이 있었다. 글 내용에는 나라서와 스텝들이 식당에서 밥을 먹고 다 같이 나오는 중이었고 헤어지면서 인사를 하던 중 남자 배우가 갑자기 울음을 터뜨렸다는 것이다. 이에 가만히 보고 있던 나라서가 가서 남자를 안고 토닥거렸고 뒤이어 다른 사람들도 남자를 안고 감싸주었다고 한다. 실제로 영상에는 인사 중 남자가 울먹거리고 나라서를 비롯해 사람들이 차례로 남자를 안아주고 다독이는 모습이 있었다. 글 마지막에는 영상을 찍은 것은 죄송하다며, 다른 분이 제보한 사진으로 인해 대중들이 오해하는 것 같아 본의 아니게 영상을 올리며 문제 시 바로 삭제하겠다고 쓰여 있었다. 커뮤니티의 글은 곧 기사화되었고 다시금 여러 추측의 글들이 오갈 무렵 배우 '김민석'의 회사에서 공식 입장이 발표되었다.

공식 입장 전문

배우 '김민석'에게 관심을 가져주시고 사랑해주시는 많은 분들께 감사드리며, 스캔들 관련 왜곡 보도에 대한 정정 및 안내 말씀을 드립니다.

스캔들 보도에 인용된 사진은 지난 12월 영화 '너무 많이 사랑하는 여자(가제)'의 촬영 후 배우 및 제작진 등 모든 스텝이 함께한 회식 때의 모습입니다. 촬영 기간 중 배우 김민석은 아버님의 건강이 위독한 와중에 영화 속 밝은 캐릭터를 연기해야 하는 중압감에 힘들어하던 중 복받치는 감정을 억제하지 못하고 눈물을 흘렸습니다. 이를 지켜보던 동료 배우 나라서가 본인의 경험담 등 좋은 말들을 해주며 감싸 안아 다독여 주었고, 나라서뿐 아니라 감독을 비롯한 많은 스텝들이 함께 안아주고 위로해 준 상황입니다.

이로써 김민석은 배우 나라서와는 연인 관계가 아님을 말씀드리며, 많은 리스크가 있었음에도 불구하고 오히려 김민석의 입장을 고려해 묵묵히 기다려 준 나라서 씨에게 깊은 감사의 말씀을 표합니다.

나라서 씨 및 영화 스태프분들의 배려로 김민석의 아버님은 건강을 되찾았으며 병원에서 퇴원해 집에서 휴식을 취하고 계십니다. 김민석은 현재 올하반기 개봉 예정인 영화 '너무 많이 사랑하는 여자(가제)'의 막바지 촬영에 성실하고 재미있게 임하고 있으며, 앞으로도 열심히 노력해 배우로서 다양한 작품으로 찾아뵙도록 하겠습니다.

다시 한 번 많은 분들께 걱정과 누를 끼친 점 죄송하며, 앞으로도 김민석에게 많은 응원과 사랑 부탁드리겠습니다. 감사합니다.

배우 김민석 측의 공식 입장이 여기저기로 퍼져 기사화될 무렵 엔진 오일 광고주 측에서도 다소 촉박한 제품 런칭 일정을 미룰 수 없다고 판단해 즉각 보도자료 배포를 결정했다.

안나네도 본격적인 모니터 작업에 들어갔다. 1시간 이후에도 나라서는 여전히 실시간 검색 순위 1위였고, 김민석은 검색어 순위에서 점점 하락해 순위권을 오르내렸으며 조금 전 광고주의 엔진 오일 브랜드가 5위로 새롭게 올라왔다. 안나도 두근대는 가슴을 쓸어내리며 기사를 훑었다. '나라서의 도발', '열애설 나라서, 이젠 새빨간 옷을 입고…', '나라서의 빨간…' 등 자극적인 기사 제목이 많았다. 안나가 알고 있는 보도자료의 제목은 '나라서, 해외 굴지의 엔진 오일 제품 국내 모델 발탁'이었는데. 새삼 클릭을 유도하는 기자들의 노력이 대단하게 느껴졌다. 그 사이 네티즌들은 한동안 광고를 일부러 찍지 않았다고 알려진 나라서가 엔진 오일 광고를 찍으며 광고 모델비로 얼마를 받았을지에 대한 뜨거운 논쟁을 벌이고 있었다.

다음 날에도 모든 포털사이트의 메인은 나라서의 기사와 사진으로 도배되었고 각종 연예 프로그램에서는 나라서의 광고 촬영 현장 인터뷰 예고편을 열애설 루머와 함께 쉴 새 없이 내보냈다.

보도자료와 함께 엔진 오일의 인쇄 및 지면광고가 일정대로 게재되었고 방송광고는 나라서가 입었던 새빨간 옷과 표정, 내레이션

등이 선정적이라는 이유로 방송 불가 판정이 났다. 이는 곧 삽시간에 퍼져 오히려 사람들이 온라인 광고를 스스로 찾아보게 하는 효과를 일으켰고 유튜브 광고는 폭발적인 조회수를 기록했다. 방송광고의 심의 반려는 광고주 측에서도 쿨하게 수용했는데 온라인 반향에 상당히 만족스러운 눈치였다.

식당에서 밥을 먹을 때도 주위에서는 온통 나라서 얘기뿐이었다. 새빨간 드레스가 너무 잘 어울린다는 둥, 빨간 립스틱이 어느 브랜드의 제품이며 이미 품절이라는 얘기도 있었다. 간간이 엔진 오일이라는 단어도 들렸는데 안나네 팀은 그저 묵묵히 밥을 먹으며 엔진 오일이라는 단어가 들릴 때마다 흐뭇한 미소를 지었다. 박 주임 말로는 중박 이상은 쳤다고 했다. 나라서의 스캔들로 인해 본의 아니게 얻어걸린 격이었지만 어찌 됐건 좋은 출발이었다.

★ ★ ★

다시 생각해도 정신없는 한 주였다. 박 주임의 말마따나 천국과 지옥을 오가는 한 주를 보냈다. 안나는 야근 후 퇴근길에 치킨 두 마리를 샀다. 한 마리 사봤자 씻는 동안 동생이 다 먹을 것 같았다. 다리 하나 먹을 수 있으면 다행이었다. 실제로 작년에 단골집에 들러

기분 좋게 치킨 한 마리를 사 들고 왔는데, 안나가 씻는 동안 동생이 다리 두 개를 몰래 먹은 적이 있었다. 씻고 나와 치킨을 먹으려던 안나가 다리가 없는 걸 보고 단골집에 항의 전화를 했던 해프닝도 벌어졌다. 치킨은 다리가 생명이라 하나 먹는 것도 눈치가 보이는데 감히 두 개를 다 먹다니. 이후 한 달간 동생은 안나의 시중을 들어야만 했다.

문득 퍽퍽한 닭가슴살과 날개를 좋아하는 덕분에 안나와 닭 궁합이 잘 맞는 지연이와 진성이가 생각났다. 조만간 그들과 또 닭을 먹으러 가야겠다고 생각했다.

안나는 치킨 한 마리는 거실에 두고 한 마리는 방 안에서 컴퓨터를 하며 혼자 다 먹을 생각이었다. 불금에 야근이라는 고생을 한 스스로에게 주는 상이라고 생각했다. 안나는 지난날을 떠올리며 치킨을 소중히 품에 안고 사뿐사뿐 방에 들어왔다가 왠지 모를 불안감에 옷장에다 넣어두고 샤워를 했다. 아직도 추운 탓에 여전히 입김이 나는 욕실에서 번갯불에 콩 구워 먹듯 따뜻한 물로 샤워를 했다. 냉장고에서 맥주를 꺼내 방으로 들어온 안나는 발가락으로 컴퓨터 전원을 켠 후, 혼자만의 시간을 방해받지 않기 위해 문을 걸어 잠갔다. 대망의 치킨을 꺼내기 위해 옷장 문을 여니 치킨 냄새가 확 풍겼다. 행복했다. 옷에 치킨 냄새가 밴 것 같았지만 아무럼 상관없었다.

인터넷에는 마침 진성이가 촬영하러 왔던 케이블 연예 정보 프로그램이 본방송 후 유튜브에 업로드되어 있었다. 안나는 편한 자세로 의자에 기댄 후 발을 까딱까딱대며 맥주를 들이켰다.

"캬~"

감탄이 절로 나왔다. 웃음을 머금으며 닭다리 하나를 집어 CF를 찍는 것처럼 세차게 물어뜯었다. 미처 안나의 입으로 들어가지 못한 고기 조각과 미세한 튀김 조각들이 옷 아래로 흩어져 떨어졌다.

"하~~"

엄마한테 등짝을 맞더라도 한번 해보고 싶었다. 안나는 게걸스럽게 치킨과 맥주를 먹으며 영상을 관람했다. 진성이 선배가 하는 연예 정보 프로그램은 진작 본 적이 있었다. 그때도 꽤 특이한 포맷이었다. 인터뷰 자체도 다른 곳과는 달리 직설적이고 짓궂었지만 촬영 현장에서 워낙 유머러스하고 편집도 잘하는 탓에 연예인들도 인터뷰하는 걸 좋아했고, 캡처된 방송 내용이 유머 사이트에도 자주 돌아다니면서 점점 인기를 얻어가고 있었다.

나라서의 소식은 시간을 끌지 않고 바로 처음부터 나왔다. 열애설 소식을 비롯해 광고 촬영 현장에서의 인터뷰, 이를 바탕으로 새해부터 시작된 '나라서 신드롬'에 대한 이야기였다. 방송 전체 시간의 절반을 넘게 할애해 언뜻 보면 나라서 특집이었다. 후반부에는 본인이 손해를 볼 수 있는 와중에 묵묵히 상대방인 김민석의 특별한 사정을 위했던 행동이, 본인만 살아남기 바쁜 연예계 정글에서 보기 드문 배려심의 아이콘이라고 칭송하기까지 했다. 뒤이어 이번 광고 촬영 스태프였다는 한 익명의 제보자에 따르면 나라서가 광고 촬영 후 모든 스태프들에게 사인도 해주고 사진도 찍어주었다는 이야기와 함께, 나라서와 같이 찍은 일반인의 얼굴이 모자이크 처리된 관련 자료 사진들을 내보냈다. 눈 부분을 간신히 가렸지만 어딘지 익숙한 사람이네, 하고 생각하며 자세히 보니 누가 봐도 안나였다.

"켁…."

맥주를 마시고 있던 안나는 순간 이 닦을 때 입에서 보글거리는 소리를 내며 사레들렸다. 귀까지 빨개지며 기침을 하던 안나는 나라서와 찍은 사진을 진성이에게 보낸 일을 기억했다.

'하… 누굴 탓하리….'

진성이의 낄낄대는 모습이 모니터에 겹쳐 아른거렸다.

오늘의 방송 역시 캡처되어 나라서를 칭송하는 자료로 널리널리 퍼져갔고, '와 나라서는 그냥 찍어도 예쁘네', '옆에 사람 눈 가려도 오징어' 등 모자이크된 안나의 사진을 향한 댓글들도 함께 퍼졌다.

8

　월요일 아침 출근 준비는 언제나 마뜩잖다. 그나마 옷장에서 꺼내
입은 옷들에서 치킨 냄새가 나서 기분이 좋아졌다. 출근길에 마주치
는 사람들이 표정 없이 부산하게 움직인다. 학생 때는 방학이라도 있
었지, 회사원이 되면 주 5일 꼬박 출근을 해야 한다. 일 년에 휴가가
길어 봤자 일주일인데 신입은 그마저도 안 되는 곳이 많다고 했다.
겨우 쉴 수 있는 본인만의 시간인 주말에 워크숍이나 등산을 간다고
하면 정색하는 게 당연하다 싶었다.

　어느덧 회사 앞에 도착한 안나는 옷에 남아있는 치킨 냄새를 한껏
들이키며 사무실로 들어섰다. 역시나 이 과장만 자리에 앉아 있었다.

　"과장님 안녕하세요. 좋은 아침입니다~"

　안나가 큰 소리로 인사했다. 이 과장도 안나를 향해 인사를 했는데
활짝 웃지는 않았지만 꽤 기분 좋아 보였다. 뒤이어 박 주임을 비롯

해 나대용도 출근해 자리에 앉았다.

일찍 앞당겨진 월요일 오전 회의를 위해 1팀이 회의실로 모였을 때 나현이가 출근했다. 시계를 보니 출근시간 정시였다. 박 주임은 오늘도 별다른 말을 하지 않았는데 아예 신경 쓰지 않기로 한 것 같았다. 이 과장은 모두가 자리에 앉는 걸 확인하고 바로 회의를 시작했다.

첫 번째는 엔진 오일 광고에 관한 중간보고 공유였다. 자료에는 트래픽, 노출량 등 한 번에 이해하기 힘든 용어가 많았는데 박 주임 말로는 근래에 보기 드문 이례적인 수치라고 했다. 광고주 측에서는 초반 광고 효과가 좋아 추가로 계획했던 광고나 미디어 홍보는 자제하고, 주유소 및 정비소 등 현장을 중심으로 대대적인 푸시에 들어갈 예정이라고 했다.

새로 들어온 광고 및 프레젠테이션 제안에 대한 설명들도 이어졌다. 나라서 광고건 이후로 먼저 제의가 오는 곳이 많아진 것 같았다. 콕 집어 1팀이 했으면 좋겠다는 게 대부분이었다. 이 과장이 기분 좋아 보이던 이유가 이거였구나 싶었다.

이어 인턴 3명의 채용 건에 관한 얘기가 나왔다. 프로젝트가 멋지게 성공하기도 했고, 이 과장이 특별히 대표님께 언급을 많이 드리고 있다고 강조했다. 계약직으로의 채용이지만 명목상이라 정규직이나 다름없고, 형식적인 업무평가는 있겠지만 원한다면 2년 뒤에도 무리

없이 근무할 수 있다고 했다. 함께 채용됐던 다른 인턴들 모두가 아니고 1팀에만 해당되는 내용이라고 했다.

그렇게 그리던 광고 회사의 취업 소식이었지만 안나는 감정의 변화 없이 멀뚱히 듣기만 하고 있었다. 오히려 의구심이 들었다. 제대로 된 인턴 평가를 거쳤다면 나대용은 몰라도 나현이까지 합격시킬 리 없었다. 근태, 업무 습득력, 동료 직원과의 커뮤니케이션 능력 등어느 하나 갖추지 않았는데 직원 채용이라니. 이번 채용은 외부의 눈을 의식한 '보기 드문 쇼'라는 생각이 들었다. 게다가 회사에서는 인턴들의 의사도 묻지 않은 채 채용을 결정짓고 있었다. 본인들의 회사가 누구나 다니고 싶을 만큼 좋은 회사일 거라고 생각하는 걸까? 인턴들이 당연히 직원 채용을 원한다고 생각하는 게 웃겼는데, 얘기를 듣고 있던 나대용이 점점 고무되어 결연한 표정을 짓더니 자리에서 벌떡 일어나 이 과장에게 감사하다며 90도로 인사를 하는 걸 보고 그렇게 느낄 수도 있겠구나 싶었다.

"직원 할 의사가 없으면 따로 말씀드리면 되나요?"

어수선한 분위기를 깨버린 건 안나였다. 이 과장을 비롯해서 다들적잖이 놀란 듯 보였는데, 특히 나대용이 특유의 과장된 표정으로 안나를 빤히 쳐다봤다. 박 주임은 예상하고 있었다는 듯 담담했다.

회의가 끝난 후에도 나대용은 다른 회사에서 스카우트 제의가 있었느냐며 대꾸도 없는 안나에게 계속 꼬치꼬치 캐물었다. 나중에는 안나의 직원 채용 거절 행위가 연봉을 올리는 데 조금이라도 도움이 되기 위한 행동 때문이냐는 어이없는 질문도 했다. 안나는 굳이 대답할 필요성을 느끼지 못해 자리에 앉아 묵묵히 자료 정리를 했다.

그렇게 하루하루가 지나갔다. 사장님의 특별 지시에 따라 인턴을 포함한 안나네 팀 전원이 현금 보너스를 받았다. 기뻐할 새도 없이 대기 중인 프로젝트에 모두가 정신없이 매진해야 했다. 전쟁 같았던 프로젝트가 다시 시작되고 있었다. 이런 일들도 점점 일상이 될 거라고 생각하니 직장인들이 새삼 대단해 보였다.

그렇게 마지막 출근인 금요일까지, 특별할 것 없는 한 주가 지나갔다.

* * *

다시 돌아온 월요일 아침. 3개월 동안 출근 바이오리듬이 몸에 배어서인지 오늘도 알람이 울리기 전에 일어났다. 안나는 김포공항으로 가기 위해 집을 나섰다. 작은 사이즈였지만 출근길 만원 지하철에서 바퀴 달린 캐리어를 이리저리 끌고 다니자니 여간 민폐가 아니었다. 꽤 일찍 집을 나선 탓에 아직 비행기 시간이 많이 남아있어 다음 열차를 기다리며 사람들을 바라봤다. 이미 탈 수 없을 만큼이 된 지하철에 몸을 구겨 넣으며 하루를 시작하는 사람들. 구겨지는 몸만큼이나 표정도 구겨진다. 며칠 전만 해도 안나도 저들 속에 있었다. 하지만 지금은 여행갈 생각에 날아갈 듯한 기분이다. 지하철 스크린도어에 비친 안나와 출근길 직장인들의 표정이 동시에 보였다. 문득 매일 아침 여행 간다는 생각으로 회사를 간다면 즐거울 수 있을까? 하는 생각이 들었다. 현실에 치이는 사람들에게 '개소리'일 수도 있지만, 잠깐의 상상으로 하루의 일부분이라도 행복해진다면 그걸로 좋지 않을까 싶기도 했다.

다음 열차를 타려는 순간, 전화가 왔다. 아침부터 모르는 번호로의 전화라 망설였지만 전화를 받았다. 재희 광고 회사였다. 번호를 어떻게 알았는지 의심할 겨를도 없이 불쑥 인턴 면접 제의를 한 탓에 안나는 잠시 멍해졌다. 전화기를 사이에 두고 서로 한동안 말이 없었다. 상대방이 전화가 끊어졌는지 확인하기 위해 헛기침으로 본인의 존재를 다시 한 번 알리고 나서야 정신이 들었다. 기분이 참 묘했다. 선뜻 알겠다는 답변이 나오지 않았다. 내부 경쟁도 유난히 심하다는 재희 광고 회사. 젊었을 때 고생은 사서 한다지만, 게다가 이런 기회가 다시는 안 올 것 같다는 생각이 들었지만, 즐거운 회사 생활은 못 될 거라는 생각이 들었다. 예상되는 재희 광고 회사에서의 모습들이 머릿속에 지나갔다. 행복한 모습은 아니었다. 행복의 척도로 직장 생활을 하는 사람은 없지만 앞으로 평생 일을 하며 살아갈 텐데 굳이 벌써 고생을 하고 싶지는 않았다.

아닌 게 아니라 운이 좋아 인턴 생활을 한다고 해도 직원으로 될 수 있을지 미지수였고, 진성이가 준 금쪽같은 여행 상품권도 두 달도 채 남지 않는 기간 내에 사용해야 했다. 더구나 시간적 여유도 주지 않고 당장 오늘 면접을 제안한 터라 여행을 핑계 삼아 불참 의사를 표현했다. 일정이 있어도 내팽개치고 면접에 참석할 줄 알았던 모양인지 거절 의사를 들은 재희 광고 회사 측도 다소 당황한 목소리였다. 에코기획에서 계속 일하느냐고 물었지만 그건 아니라고 답하자 여행 후 면접이라도 보러 오라고 했다. 다시 조정한 면접 일정은 이번 주 금요일이었다. 안나는 출발 비행기 표는 끊었지만 돌아오는 표는 아직 끊지 않은 탓에 일단 연락드리겠다고 하고 전화를 끊었다.

불과 3개월 전만 해도 박봉에 야근을 일삼아도 가고 싶었던 회사였는데 왜 마음이 바뀐 걸까. 롤러코스터 같았던 3개월의 기억이 머릿속에 지나갔다. 생각이 꼬리를 물고 깊이 들어가려는 찰나 공항에 가야 한다는 걸 깨닫고 안나도 만원 지하철에 몸을 구겨 넣었다.

아무렴 나중에 생각해도 늦지 않다. 몸은 구겨졌지만 안나는 웃고 있었다.

나가서 이야기 :
영화 잡지 인터뷰

Q   오랜만에 보는데 미모가 여전하시네요.

A   에이. 더 예뻐졌다고 해야 하는 거 아니에요? (웃음) 진
      짜 오랜만이긴 하네요. 지난번 영화 때 인터뷰하고 못 봤
      으니까 거의… 3~4년쯤 된 것 같아요. 기자님도 더 멋있
      어지셨어요. 뭔가 더 세련되신 것 같아요. 유행하는 옷도
      입으시고.

Q   뭐지? 복수하는 건가? 하하. 오히려 나라서 씨가 패션에 관
      심이 좀 생겼나 봐요. 유행하는 것들도 알고.

A   뭐지? 복수 아니죠? 하하. 예전엔 그냥 편하게 입고 다녔
      는데, 여기저기서 사진이 찍히더라고요. 좋아하는 옷이
      있어서 자주 입고 나가다가 사진 찍히면 댓글에 옷 좀 사

입으라고 쓰이는데 코디 동생이 그걸 봤나 봐요. 요즘은 해외나 국내에서 유행하는 아이템을 설명해주면서 밖에서 입을 옷들 챙겨줘요. 제가 옷을 잘 입고 다녀야 본인도 욕을 안 먹고 광고도 잘 들어온다면서. (웃음) 그래도 개인적인 스케줄에는 많이 신경 안 쓰려고 해요. 어차피 기록으로 남는 세상이잖아요. 그런 거 전부 신경 쓰고 어떻게 살아요.

Q 오늘 의상도 깔끔하고 좋은데요?

A 이것도 코디가 협찬받아서 입혀준 거예요. 하하. 인터뷰 끝나고 바로 화보 촬영도 해야 해서 메이크업도 수정하기 편하게 피부 화장하고 빨간 립스틱만 발랐어요.

Q 장안의 화제인 '나라서 립스틱'이군요. 광고에 바르고 나와서 해당 제품이 매진됐다고 하던데.

A 아, 얘기 들었어요. 감사하죠. 오늘은 그때랑 같은 제품이긴 한데 입술 위에 광택 립글로스를 발랐어요. (입술에 손가락을 가져가며) 나름의 포인트~!

Q   못 본 사이에, 성격도 좀 변한 것 같아요. 조금 더 활발해진 느낌?

A   안 그래도 요즘 그 얘기 많이들 하시더라고요. 영화 속 배역의 영향이 컸던 것 같아요.

Q   제목이 너무 많이 사랑하는 여자 맞죠? 너무 많이 사랑하는 역할로 등장하시나요?

A   네, 맞아요. 많은 것들을 사랑하는 '춘자'라는 캐릭터예요. (춘자요?) 옛날 이름이죠? 할아버지, 할머니를 비롯한 온 식구가 아들을 원했는데 여자아이가 태어난 거예요. 달가워하지 않은 아버지가 이름을 '춘자'라고 지어버렸어요. 모두가 반기지 않았지만 아이 어머니는 춘자를 공주처럼 대했어요. 춘자가 어렸을 때부터 '넌 누구와도 바꿀 수 없는 소중한 존재'라고 되뇌어 준 거죠. 어머니의 영향을 받아 누구보다 자기 자신을 아끼고 사랑해요. 자애심이 큰 아이라, 춘자를 처음 본 사람들은 특이하다고 생각할 수도 있을 거예요. 이 영화는 그런 춘자가 태어나면서부터 서른 살 정도까지의 이야기를 담았어요.

Q 자애심이 큰 게, 왜 특이하다고 생각한다는 거죠?

A 자애심이 커서 특이하다는 게 아니라, 눈 밖에 나는 행동
  을 조심스러워하는 사람들의 정서상 특이한 사람으로 받
  아들여질 수 있을 거예요. 예를 들면, 춘자는 일반 직장
  에 다니는데, 본인이 특별해지고 싶은 날 세미 드레스 같
  은 걸 입어요. 겨울에는 팔꿈치까지 올라오는 벨벳 롱 장
  갑을 자주 착용하죠. 춘자가 좋아하는 장갑이거든요. 버
  스나 지하철 타고 다니면서 그러기 쉽지 않잖아요? 근데
  춘자는 신경 안 써요. 본인이 행복해지는 행동들을 거리
  낌 없이 해요.

Q 얼핏 보면 이상한 사람처럼 보일 수도 있겠어요.

A 그죠. 근데 주위에 사람들이 많아요. 모두 춘자를 좋아해
  주는 사람들이에요. 남에게 피해를 안 주거든요. 오히려
  춘자를 통해 자기 자신을 사랑하는 법을 배우죠. 춘자와
  함께 다니면서 춘자가 했던 걸 따라 해 보기도 하고요.

Q 예를 들면요?

A 춘자가 27살에 파티를 열어요. 본인이 태어난 지 1만 일

이 되는 걸 자축하는 파티죠. 동네 카페를 하루 빌려서 출장 뷔페를 부르고 지인들을 초대해요. 물론 예쁜 드레스도 입고 숍에 들러서 머리와 화장도 해요. 지인들은 선물 대신 현금을 모금함에 넣고, 춘자는 그 비용을 기부해요. 사람들도 옷을 한껏 차려입고 파티에 참여하고 모두가 춘자와 함께 즐겁게 춤을 추죠. 영화에서 춘자가 제일 환하게 웃고 기뻐하는 모습이 그때 등장해요.

Q 춘자 얘기하면서 계속 웃고 있어요. 촬영이 행복했나 봐요.

A 연기는 그 사람의 삶을 대신 살아보는 거잖아요. 매번 그 사람이 되어 새로운 삶을 다시 시작해야 하는 점이 힘든데 춘자는 몰입해야 하는 순간부터 좋았어요. 이렇게도 해보고 싶고, 저렇게도 해보고 싶었죠. 춘자로서의 삶이 행복했고, 그 삶을 대신 살아본 저도 정말 행복했어요. 같이했던 배우나 스텝들도 춘자한테 푹 빠졌어요. 춘자처럼 살고 싶다고 하더라고요. 어느 날 막내 스태프가 저한테 와서, 자기는 원피스 입는 걸 제일 좋아하는데 돼지처럼 생겨서 남들이 뭐라고 할까 봐 밖에서는 못 입고 집안에서만 입어본다고 말하더라고요. 제가 그 얘길 듣고

원피스 몇 벌 사줬어요. 이제는 맘껏 입고 다니라고. 춘
자가 주는 선물이라고. 영화 후반부에 촬영장에서 그 친
구가 매일 원피스를 입고 다니더라고요. 영화를 보고 많
은 사람들이 더 행복했으면 좋겠어요. 우리가 그랬던 것
처럼.

Q 얘기를 들으니 이 영화를 택한 나라서 씨의 결정이 이해가
가요. 처음 캐스팅 소식을 들었을 때 다들 놀랐잖아요.

A 이 영화가 거대 자본의 상업 영화는 아니에요. 지금에야
해외 영화제 출품 얘기도 나오고 있긴 하지만 아직 확정
되지도 않았고, 그땐 그런 것도 생각 안 하고 그냥 결정
했죠. 감독님이 개런티도 많이 줄 수 없다고 첫 미팅 때
대놓고 말씀하시기도 했어요. 손익분기점은 넘겨야 하는
데…. 중간에 제작비가 모자라서 제가 투자까지 했어요.
난 계속 찍고 싶은데 돈 없어서 못 찍고 있다고 기다리라
고 얘기하시니까. (웃음)

Q 많은 사람들이 춘자를 보러 올 거예요. 같이 찍은 배우 중에
김민석 씨를 얘기 안 할 수가 없어요. 요즘도 자주 연락하

시나요?

A 그럼요. 안 그래도 내일 있을 언론 시사회 때문에 어제
같이 밥 먹으면서 얘기했어요. 물론 예전이나 지금이나
사귀지는 않습니다.

Q 나라서 씨의 첫 열애설이었어요. 여배우들은 보통 언론이
나 대중에게 이리저리 치이고 하다 보면 더 예민해지는 경
우도 있잖아요. 득달같이 물어뜯는 대중들이 무섭지는 않
았나요?

A 음… 딱히 그건 없는 것 같아요. 언론은 제가 원하는 대
로 보도하지 않아요. 거리를 둘 수밖에 없죠. 그래서 작
품을 목적으로 한 인터뷰 외에는 잘 응하지를 않았어요.
대중은 지난주를 금방 잊어요. 바쁘게 살아가는 사람들
이죠. 그리고 사람들이 모였을 때 가장 편하게 말할 수
있는 소재가 연예인이잖아요. 뭐 어때요. 저조차도 연예
계에 있긴 하지만, 이쪽에서 일어나는 일들을 너무 진지
하게 받아들이려고 하지는 않아요. 연예인은 관심을 먹
고 사는 직업이라고 하니, 좋게 생각하려고 해요.

Q　멘탈도 강해지고 많이 초연해진 것 같아요. 언론이나 대중을 떠나서 여배우들 사이에서 경쟁도 힘들지 않나요?

A　갈수록 여배우가 맡을 수 있는 배역에는 한계가 생겨요. 좋은 자리는 하나인데, 너도나도 앉으려고 하니 경쟁이 치열한 거죠. 신인 때야 일거리 잡아주는 건 매니저일지 몰라도, 어느 정도 지나고 나면 배우에게 일 잡아주는 건 자신의 연기예요. 본질은 변하지 않죠. 그게 경쟁에서 이기는 가장 현명한 방법인 거 같아요.

Q　음, 좋은 말이네요. 끝으로 맡고 싶은 배역이 있다거나, 올해 세우신 계획 있으면 말씀해주세요.

A　해보고 싶은 배역으로는, 글쎄요. 얼마 전 책에서 읽은 캐릭터인데, 좋으면 꼬리 치고 싫으면 물어버리는 짐승 같은 여자 역할을 해보고 싶어요. 올해 계획은 딱히…. 배우라는 직업 자체가 뭔가를 계획하고 살기가 힘든 직업이라, 그냥 마음 편히 있어 보려고요. 아직은 춘자를 보내고 싶지 않기도 하고. 딱히 계획을 세워둔 건 없어요. 마음을 좀 비우려고요. 어떻게든 되겠죠.